故郷に降る雨の声 上

バンダル・アード＝ケナード

駒崎 優

Yu Komazaki

C★NOVELS Fantasia

口絵　ひたき
挿画
地図　平面惑星
DTP　ハンズ・ミケ

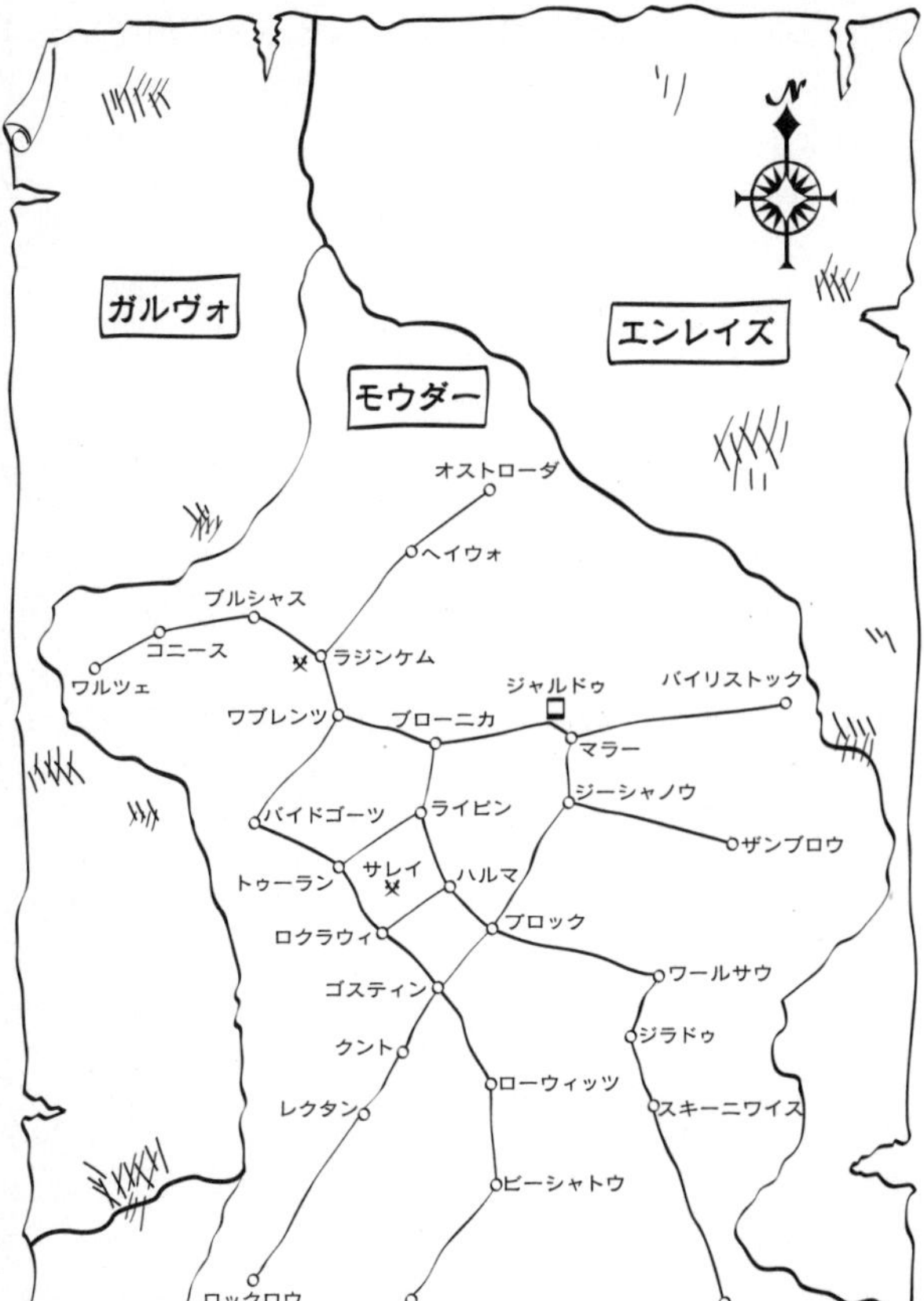
N
ガルヴォ
エンレイズ
モウダー
オストローダ
ヘイウォ
ブルシャス
コニース
ワルツェ
ラジンケム
ジャルドゥ
バイリストック
ワブレンツ
ブローニカ
マラー
ジーシャノウ
バイドゴーツ
ライビン
ザンプロウ
サレイ
トゥーラン
ハルマ
ブロック
ロクラウィ
ワールサウ
ゴスティン
ジラドゥ
クント
ローウィッツ
レクタン
スキーニワイス
ビーシャトウ
ロックロウ
チェストコーワ
ラドム

ジア・シャリース	バンダル・アード＝ケナード隊長
ゼーリック	バンダル・アード＝ケナード隊員
ダルウィン	同上
マドゥ＝アリ	同上
ノール	同上
チェイス	同上
アランデイル	同上
メイスレイ	同上
ライル	同上
タッド	同上
エルディル	バンダル・アード＝ケナード一員
ヴァルベイド	医師・エンレイズ王の密偵
テレス	バンダル・ルアイン隊長
ラブラム	バンダル・ドーレン隊長
クライス	バンダル・アード＝ケナード前隊長
グローム	バンダル・アード＝ケナードの雇い主の代理人
セダー	グロームの召使い
パージ	ナーヴィスの召使い
ナーヴィス	商人
ドリエラ	ナーヴィスの妻
コーサル	ナーヴィスの息子
リベル	ナーヴィスの召使い
フラート	エンレイズ軍司令官、バンダル・ルアインの雇い主
マラス	エンレイズ軍兵站部司令官
ディーロー	ガルヴォの役人
オブルーダ	ガルヴォの司令官

1

夕方から広がり始めた黒い雲から、ついに、最初の雨粒が滴《したた》り落ちた。

濃緑色のマントを掻《か》き寄せながら暗い空を見上げ、シャリースは溜息《ためいき》をついた。夕暮れの最後の光が闇に呑まれ、冷たく湿った風が顔に吹き付けてくる。黒い軍服は、湿気を吸って重い。ただでさえいいとは言えぬ状況が、なお一層惨《みじ》めに感じられる。

ここモウダーは、敵対する二つの大国の間に位置する小さな国である。

大陸が、果てしない戦いの時代に突入してからもう、三十年が過ぎようとしていた。

大陸の東の果てまで手に入れたエンレイズは、今度は、国土の西に国境を接するガルヴァへと、戦いの矛先《ほこさき》を向けた。しかしガルヴァは、いかなエンレイズにとっても、簡単な相手ではなかった。

広大な国土と人口を有するガルヴァは、唯一、エンレイズと対等に戦える国だったのである。

両国の戦場は、国境地帯ばかりではなかった。国境の南に位置するこのモウダーでも、戦いが繰り広げられている。モウダーの国民は中立を決め込み、自分たちの鼻先でエンレイズ人とガルヴォ人が殺し合うのを静観していた。もちろん、両国の争いによって、モウダーの人民が被害を受けることもある。だがモウダー人は現在のところ、そういった損失を黙認していた。彼らは、エンレイズ、ガルヴォ両国へ食料や物資を流しており、そこから上がる収益で懐《ふところ》を潤《うるお》しているのである。モウダー人たちがもし、これほどまでに協力的でなければ、戦争はとうに終わっていたのでは、とする見方もある。

モウダーのこの小さな町に、エンレイズの一軍が二日前から押し込められていた。

彼らはここで、次の命令が届くのをただひたすら待っている。作戦の変更があったらしいが、詳しいことについて知る者はいない。伝令が到着するまで、退屈しているだけの時間が続く。

正規軍の兵士でも、屋根の下にいられるのはごく僅《わず》かだった。町に宿は数軒しかなく、どれも手狭だ。モウダーの宿の主人たちは、エンレイズの軍を歓迎した。何故ならエンレイズの国王は、兵士たちに、モウダー人に危害を与えることを禁じ、提供されるものに対価を払うよう、厳しく申し渡しているからだ。その規律は、ガルヴォ軍のそれよりも徹底している。たとえ宿代を倍に吊り上げても、支払いを拒否されることはない。懐に余裕のある者は宿のベッドで身体を休め、そこから弾《はじ》き出された者は地面に眠る。

だが、正規軍と行動を共にしている傭兵隊《ようへいたい》には、そもそも、宿に泊まるという選択肢はなかった。

黒い軍服が、エンレイズの傭兵である証《あかし》だった。

戦いの日々が始まって間もなく、彼らはどこからともなく現れ、その数を増やしている。彼らは金で雇われ、正規軍にはこなせぬ困難な戦場を渡り歩き、時にはそれ以外の、大きな声では言えぬ汚れ仕事もこなす。彼らの生活は苛酷だ。その結果、幾多の傭兵隊が消えて行ったが、この年月を生き残り、成果を上げる隊《バンダル》もまた多く存在している。腕に覚えのある者は、正規軍よりも稼《かせ》ぎのいい傭兵になりたがるものだ。

　数あるエンレイズの傭兵隊の中でも、アード＝ケナード隊《バンダル・アード＝ケナード》は、その能力の高さで揺るぎない名声を得ていた。

　しかし彼らとて、万能ではない。失敗することもあれば、不運に見舞われることもある。

　今がまさにそのときだ。

　隊長であるシャリースは三十三歳で、傭兵隊の隊長としてはまだ若い。長身で淡い枯れ草色の髪に青灰《せいかい》色の目の持ち主で、その顔立ちは荒削《あらけず》りながら端整である。黒い軍服の肩に施《ほどこ》された白い刺《し》繍《しゅう》と、マントの濃緑色が、バンダル・アード＝ケナードの隊員であることを示す印だ。暗い空を見上げるその瞳には、苦い表情が浮かんでいる。

　四日前、彼らは雇い主を失っていた。

　そもそも彼らが雇われたのは、正規軍の先鋒《せんぽう》として、敵であるガルヴォ軍を攪乱《かくらん》するためだった。雇い主はそれを、はるか後方で見ていることになっていたのだ。彼はその安全圏から出るつもりなどないと、最初からシャリースにそう宣言しており、シャリースもそれを承知していた。危険な任務に赴《おもむ》き、身体を張って雇い主とその利益を守るのが傭兵の仕事だ。取り決められた金額がきちんと支払われる限り、シャリースが文句をつける筋合いはない。

　だがあろうことか、雇い主は、戦いが始まる前、食事の最中に突然倒れ、そのまま死んだのだ。

その知らせは、戦いに敗れる以上に、傭兵たちを打ちのめした。死体を検分した軍医は、恐らく以前から心臓が悪かったのだろうと、後で彼らに教えてくれた。しかしシャリースと彼の部下たちにとって、雇い主の死因など問題ではない。彼らにとって重要なことは、雇い主が死んだ今、後払いの半金が手に入らなくなったという事実だ。

それが明らかになった瞬間、バンダル・アード＝ケナードの半分は重い溜息をつき、残る半分は口汚い悪態を吐き出した。しかしそれ以上、彼らに出来ることは何もなかった。

次の雇い主を見つけることが出来ぬまま、彼らは、正規軍と共にこの町に入っていた。

町外れの草むらに居場所を見つけ、彼らは、枝を茂らせる巨木の下に身を寄せた。自分たちを雇いたがる者は、きっとすぐに見付かるだろうと、シャリースは考えていた。この時世、傭兵の手を必要としている者は、大勢いるはずだ。

しかし、彼の見込みは甘かった。この町に入って二日になるが、彼らはまだ、主《あるじ》を持たぬ身のままだ。

部下たちから離れ、シャリースは町に灯るぼんやりとした灯りを見つめた。

大きな雨粒が、彼の頬《ほお》を濡《ぬ》らした。無意識の内にマントのフードを手繰《たぐ》り寄せながら、彼は打つべき手を考えていた。彼らには、金が必要なのだ。確実に手に入ると思われていた金が、煙のように消えてしまった今回の一件は、彼らにとって手痛い事態だった。世間には、傭兵は大金を貯め込んでいるという、間違った認識を持っている人間も多いが、実際のところ、彼らは決して裕福ではないのだ。部下たちの中には、養うべき家族のいる者や、借金のある者もいる。

知人に手紙を書いて、雇い主を探すべきかも知れないと、シャリースは考えた。それもまた、隊長である自分の仕事だ。このままでは干乾《ひぼ》しになってしまう。

後ろから近付いてきた白い塊《かたまり》が、シャリースの傍《かたわ》らを抜け、数歩先で立ち止まった。

エルディルという名の白い雌狼《めすおおかみ》は、今や、バンダル・アード＝ケナードとは切っても切れない関係になりつつある。白い狼を連れた傭兵隊の噂《うわさ》は、既に有名らしい。エルディルの白い毛皮は遠目にも目立ち、その大きな身体と長く鋭い牙は、それだけで、人々に恐怖心を与えることが出来る。実際に、彼女はこれまでにも幾度となく傭兵たちと共に戦い、誰よりも多くの功績を上げてきた。

しかし彼女は、多くの人々が誤解しているような、血に飢えた凶暴な獣《けもの》ではない。彼女はまだ子供だった時分に、森で拾われた。正確には、彼女が彼らを拾ったのかもしれない。傭兵の一人を母親と決め、その後をついてきたのだ。その男に対しては、彼女は飼い慣らされた犬同然に懐《なつ》いており、バンダルの面々についても、一応群れの仲間だと認めているらしい。相手によっては愛想よく振舞うことも出来、可愛がられてもいる。

エルディルは町の方に頭を向け、緩やかに尾を振っていた。耳をぴんと立て、しきりに鼻を蠢《うごめ》かせているところを見ると、どうやら何者かが近付いてくるらしい。

シャリースの背後でかちりと、微《かす》かな金属音が聞こえた。剣の柄《つか》と鞘《さや》が触れ合う、彼にとっては馴《な》染《じ》みの音だ。足音も気配もなかったが、誰がいるのかは、振り返らずとも判った。エルディルのいるところには、大抵、その母親代わりになっている男もいるのだ。

「マドゥ＝アリ」

エルディルの視線を追って暗がりを透かし見ながら、シャリースは、その男の名を呼んだ。

「別に俺の護衛についてなくてもいいぜ。火の側《そば》であったまってな」

彼らが溜まり場にしている巨木の下では、その太い幹を取り囲むように、幾つもの火が焚《た》かれている。それぞれの火に鍋《なべ》が掛けられ、ささやかな夕食が準備されている最中だった。すぐにも、うまそうな匂いが漂《ただよ》ってくるに違いない。

だが背後の男は、食事にも、火の温かさにも、何の関心も抱いていないようだった。

「誰かが来る」

静かな声でそう応じる。言葉には、微かな訛《なま》りが残っている。

誰の目にも、この若者が遠い異国の出身であることは、その容貌《ようぼう》から明らかだった。浅黒い肌に緑色の目が光り、顔の左半面は、黒い刺青《いれずみ》で覆《おお》われている。バンダルで最も腕の立つ兵士だが、その一見異様な姿に、白眼視されることも多かった。マドゥ＝アリはしかし、差別も偏見も全て受け入れ、一言も不満を洩らすことがない。故郷から遠く離れたこの地で、彼は傭兵としての生活に満足しているようだった。

待つ間もなく、こちらに近付いてくる一人の男の姿が見えた。

降り注《そそ》ぐ雨を避けるようにマントのフードを深く被っていたが、焚き火の微かな灯りで、その下に着ているものが、紺色の軍服であることは判る。エンレイズ正規軍の兵士だ。エルディルはじっと相手を見ていたが、警戒している様子はない。

正規軍の兵士は、まず、立ちはだかる白い狼を見つけ、それから、その背後にいる二人の傭兵へ目を向けた。片手で少しばかり、目に掛かっていたフードを引き上げる。

「ああ……隊長さんを捜してんだけど」

その声に聞き覚えがあることに気付いて、シャリースはフードを後ろにずらした。

「おまえか」

行軍中、何度か言葉を交わした、顔見知りの兵士だ。目当ての相手を簡単に見つけて、兵士はほっとした顔になった。

「あんたに伝言があるんだ」

近付いてきたエルディルの背を、片手で怖々《こわごわ》と撫《な》でる。相手を覚えていたらしく、エルディルは大人しく、それを受け入れた。

「伝言？　誰から？」

シャリースの問いに、相手は首を横へ傾げる。

「今日町に着いた男だ。商人みたいななりだったが、とにかく、あんたらにいい話があるって」

思わず、シャリースは鼻を鳴らした。

「自分でいい話だなんていう奴の言葉なんか、どこまで信用できるか怪しいもんだがな」

兵士が、悪びれた様子もなく肩をすくめる。それは百も承知という顔だ。

「とにかく、あんたらに仕事をくれるつもりらしいよ。仕事を受けるも受けないもあんたらの自由だが、俺の顔立てて、話だけでも聞いてくんねえか」

自分の胸の辺りを、彼は軽く叩いて見せた。

「……駄賃をもらっちまったんだよ」

「――判った」

シャリースはうなずいた。現在の状況を考えれば、これが、逃してはならない好機だというのは間違いない。もちろん、ろくな仕事ではないだろう。だが、危険な仕事、胸の悪くなるような仕事は、傭兵たちにとって日常茶飯事である。そして今は、うるさく選《え》り好みしている場合ではないのだ。

「案内してくれ」

シャリースはフードを被り直し、雨の降りしきる中を、兵士の後について歩き出した。当然のような顔で、白い狼がその横を歩き、マドゥ＝アリが後ろに付く。帰れと言えば、この一人と一匹が、文句一つ言わずに仲間たちの元へ戻るのは判っていたが、シャリースは彼らの好きなようにさせた。得体の知れない相手と面談するのに、多少の用心は必要だろうと考えたのだ。

彼らが案内されたのは、辛《かろ》うじて宿と呼べるような、二階建ての古い建物だった。

一階では、正規軍の兵士たちが、酒を飲みながら愚痴《ぐち》をこぼし合っている。もう手持ちの金が残り少ないのだということは、彼らの顔を見渡した瞬間すぐに判った。彼らに買える酒は上等とはいえぬ代物で、しかも量が少ない。おまけに、テーブルに置かれた固そうなチーズは、お世辞にもうまそうには見えなかった。これでは到底、陽気な気分にはなれないだろう。

兵士たちは、二人の傭兵と狼が室内に足を踏み入れても、殆《ほとん》ど関心を示さなかった。何日も行動を共にしていたため、彼らの存在に慣れたのだ。彼らは傭兵たちを無視したが、それは、正規軍兵士が傭兵に対して取る、ごく一般的な反応だった。

案内してくれた兵士と別れ、シャリースは、一足ごとに凄《すさ》まじい音で軋《きし》む階段を上った。ぎいぎいと鳴る階段に、エルディルが嫌そうな顔になる。しかしマドゥ＝アリがシャリースの後に続くと、彼女も渋々《しぶしぶ》階段に足を掛けた。

教えられた部屋は、階段を上ってすぐの扉だった。

扉は既に内側へ開け放たれていた。階段同様軋む床を用心深く踏みしめて、シャリースは室内を覗《のぞ》いた。派手な喚《わめ》き声を上げる階段のお陰で、彼らの来訪は、既に、室内にいた者たちに伝わっていたらしい。

真っ先に彼らを迎えたのは、中背の若い男だった。

実直そうな灰色の目の若者で、細い顎《あご》を綺麗《きれい》に剃《そ》り、茶色の髪はきちんと撫で付けられている。くたびれたシャツに古びた革の服、頑丈な長靴《ちょうか》という出《い》で立ちは確かに、旅の商人のようだが、少なくとも清潔で、型崩れをしないよう精一杯の努力を払っていることが窺《うかが》える。だが、服の下に隠された引き締まった身体つき、そして、油断のない身のこなしは、熟練の兵士を思わせた。腰に佩《は》いた剣は小振りだったが、使い込まれている。

傭兵の黒い軍服、その左肩の薄汚れた白い刺繍、そして濃緑色のマントを、若者は、鋭い視線で一瞥《いちべつ》した。言葉も、愛想笑いの一つもなく、二人と一匹を室内へ通す。

狭い部屋の中央には小さな丸いテーブルが置かれ、その隣に、一人の男が待ち構えていた。

こちらはもう老人と呼んでいい年齢で、灰色の髪は大分薄くなり、骨が浮き出るほどに痩《や》せて、顔には深い皺《しわ》が刻まれている。その皺は、年齢のせいばかりではないだろうと、シャリースはちらりと見て思った。どうやら、長く苦しい旅をしてきたようだ。

傭兵たちの姿を目にして、老人はテーブルを支えに立ち上がった。その瞬間、古いテーブルがぐらりと揺れる。

「バンダル・アード＝ケナードのジア・シャリース殿ですか」

丁寧《ていねい》な口調で、老人は確認した。シャリースはうなずいた。

「そう呼ばれている」

「私はグロームと申します」

老人は名乗り、静かに扉を閉めた若い男を手で指した。

「それは、私の召使いです」

老人はシャリースに、ベッドへ座るよう勧めた。他に、余分な椅子が無いのだ。シャリースは従った。そうすれば、相手もまた、椅子に腰を落ち着けられるだろう。話の間ずっと立たせておくには、相手は弱りすぎているように見えた。マドゥ＝アリはベッドの横に立ち、エルディルがその足元に座る。召使いだという若者は、扉に背をもたせかけた。微かな好奇の籠《こ》もった眼差《まなざ》しで、異国の男と狼を見やる。

「俺たちを雇いたいという話だったが」

老人が座るのを待って、シャリースは口を切った。グロームがうなずく。

「そうです。しかし、私は、ただの代理人に過ぎません」

シャリースは片眉《かたまゆ》を上げた。

「というと、俺たちを雇いたがっているのは、どこの誰だ？」

「それはお答えできません」

穏やかに、しかしきっぱりとそう告げられて、シャリースは肩をすくめた。今までにも、そういう手合いがいないわけではなかった。こうした場合、対処の仕方は限られている。

固いベッドから、シャリースは、弾みをつけて立ち上がった。

「そうか。それじゃあ、この話は終わりだ。残念だが、他を当たってくれ」

老人がさっと片手を振って合図し、それに応じて、召使いの若者が、片隅に置いてあった小さな櫃《ひつ》を開けた。中から革の袋を二つ取り出し、一つずつ、シャリースの左右の手に乗せる。

危ういところで、シャリースはそれを床に取り落としそうになった。二つの袋は、予想よりはるかに重かったのだ。

片方をベッドの上に置き、シャリースは立ったまま、もう一つの袋の紐《ひも》を緩めた。中を覗き込む。金《きん》の鈍い輝きが、手の中で煌《きらめ》いていた。

手を突っ込んで一枚を取り出す。予想に反して、それは、彼らもしばしば見かける、オウル金貨ではなかった。その二・五倍の価値を持つ、大きなダウェル金貨だ。

「今ここに、二百オウルございます」

淡々と、グロームは言った。

「これは単なる手付金です。私の主人の名は明かせませんが、ご不自由をお掛けする代わりに、今この場で二百オウル、ことが成功した暁《あかつき》には、さらに三百オウルお支払いする準備がございます」

骨と皮ばかりの老人が、椅子の上からシャリースを見上げる。その眼差しには、縋《すが》るような光があった。

「決して、あなた方にとって、損な話ではないはずです」

「……」

答えぬまま、シャリースは袋の口を縛《しば》り直した。もう一つの袋も取り上げ、中を確かめる。こちらにも、ダウェル金貨が燦然《さんぜん》と輝いている。目の眩《くら》みそうな大金だ。

金の魔力から逃れようとするかのように、シャリースは、袋の口をぎりぎりと縛った。そして、グロームを見下ろす。

「俺たちに、何をさせたい？」

老人は真っ直ぐに、シャリースの目を見返した。

「我々を護衛して、とある場所に行って頂きたいのです」

謎めかした依頼に、シャリースは鼻を鳴らした。

「とある場所だって？　へえ？　何をしに？」

馬鹿にしたような口調にも、しかし相手は怯《ひる》まなかった。

「それは、今はまだ申し上げられません。私がご案内いたします。道はよく知っておりますので」

「俺としては是非とも、その道を予《あらかじ》め知っておきたい」

シャリースは主張した。

「こっちにも、色々と準備が必要になるかも知れないからな」

「格別の準備などは必要ございません」

固い口調で、グロームは応じた。

「傭兵の方々が普段携《たずさ》えておられるもの、それで十分でございます。安全で快適な旅になるなどとは申しません。しかし、それに見合うだけの報酬はお支払いできます」

それについては、既に半ば証明されていた。目の前に二百オウルもの大金を積み上げられれば、それだけで、大抵の傭兵は動くだろう。

そして今、バンダル・アード＝ケナードは仕事にあぶれている。

これ以上ないほど、胡散《うさん》臭い仕事だ。だが、これ以上ないほど魅力的な提案がなされたのもまた事実だ。シャリースは無意識に、側に立つ部下へ視線を投げたが、マドゥ＝アリからは、あくまで静かな眼差ししか返っては来なかった。予想された反応ではあった。マドゥ＝アリは、彼の部下で唯一、金には何の興味も抱いていない男だ。バンダルの中に居場所を与えられ、生きることを許されることだけが、彼の望みなのだ。そのためになら、彼は持てる全てを簡単に投げ出すだろう。

エルディルは床に寝そべっている。人間たちの話し合いは退屈だと、その金色の目はシャリースに訴えていた。

骨と皮ばかりの老人に目を戻し、シャリースはじっと相手を見据《みす》えた。

「……俺たちにとって、損のない仕事だと言ったな?」

グロームは熱心にうなずいた。

「はい」

「もしその言葉が嘘《うそ》だったら、あんたの舌を切り取って、喉《のど》の奥に突っ込んでやる。そして、もし本当に存在するのなら、あんたの主人も必ず捜し出して、同じ目に遭《あ》わせてやろう。それでもいいか?」

「――結構です」

脅し文句にも、グロームは動じなかった。老人の目には、微塵《みじん》の躊躇《ためら》いもない。そして、シャリースは心を決めた。

「……どう思う?」

自分の焚き火の前に戻り、熱いシチューをパンで掬《すく》いながら、シャリースは問い掛けた。

彼の左隣には、口髭《くちひげ》を生やした年配の男が座っている。ゼーリックはバンダル・アード＝ケナードの最年長で、もうそろそろ五十に手が届こうとしていた。シャリースが十七でこのバンダルに加わった時、彼は既に古株の一人と見做《みな》されており、現在では、隊長であるシャリースを含め、彼に本気で逆らえる者は一人もいなくなっている。もう何年も前から、彼は己の引退について示唆《しさ》していたが、今のところ、それが実行に移される気配はない。

シャリースの話に耳を傾けていたゼーリックは、意見を求めた男へ、呆れたように片眉を上げてみせた。

「もう引き受けちまったんだろう？」

今更どうしようもないと言外に告げられ、シャリースは溜息をつく。

「どうにも嫌な感じだが、嫌な感じがするからといって、そのたびに仕事を断ってたら、俺たちは飢え死にするしかない」

そして、言い訳がましく付け加える。

「少なくとも、あの金は本物だった」

それは、シャリースが仲間たちの元に戻ってきた時点で、念入りに確認された。二つの袋には重いダウェル金貨が八十枚、つまり二百オウル分、間違いなく納められていた。

前金は直ちに、傭兵たちに分配された。誰かが一人で持ち運ぶには、袋も責任も重すぎたのだ。何人かはすぐさま、その一部を馬で送るための手続きをするため、町へ赴いていた。少なくともこれで、何人かの借金が減り、また、子供や年老いた親が飢える心配も減ったわけだ。

「仕事は護衛なんだろう？」

シャリースの右隣にいた小柄な男が口を挟む。

「こんな大金をぽんと放って寄越したからには、誰かに襲われる当てがあるってことか？」

ダルウィンはシャリースの幼馴染《おさななじみ》だった。明るい青い目に、愛敬のある顔立ちの彼は、今、シャリースを押し退《の》けるようにして、火の前に身を乗り出していた。用心深い手付きで、焚き火から鍋を下ろす。シャリースに鍋を任せるなどという選択肢は、最初から存在しない。こと料理に関しては、ダルウィンはシャリースを全く信用していない。シチューを煮込むのも、それが焦《こ》げ付かぬよう管理するのも、自分でやらねば気が済まないのだ。

この火を囲んでいるのは、三人だけだ。他の者たちは、それぞれの焚き火を囲んで食事をしている。部下たちには聞かせられない話をするには、絶好の機会である。

「秘密主義者のグローム殿は」

シャリースは固いパンをちぎった。

「いつどこで誰が俺たちを殺そうとするのか、全部知った上で、黙っているのかも知れねえな。たとえそうでなかったとしても、かなり後ろ暗いところがあるのは確かだろう。ことと次第によっちゃあ、後金を諦《あきら》めなけりゃならない羽目になるかもしれない」

「そうならないようにするのがおまえの仕事だ、シャリース」

ゼーリックが、冷静な口調で言い渡す。シャリースが眉根を寄せる。

「全部俺一人におっ被せる気だな」

年長の男は、からかうように唇《くちびる》の端を上げた。

「俺はもうすぐ引退しようという人間だ。若い者の決めたことに、あれこれ口出ししない方がいいだろう」

殊勝な口調を作ってみせる。聞いていたダルウィンが鼻で笑った。だがゼーリックが引退という言葉を盾《たて》に意見を語らぬのは、シャリースの決定を容認している印なのだ。

シャリースは苦笑して、夕食を食べ終えた。

いつの間にか、雨は止んでいた。


翌朝早く、バンダル・アード＝ケナードは、グロームに先導されて町を離れた。

グロームは若い去勢馬に乗っている。老人の体力に合わせたものか、小柄な馬ではあったが、しかし、血統の良さは一目で判る。二百オウルもの大金を、ぽんと放ってみせたことといい、この値の張りそうな馬といい、彼か、あるいは彼の主人が、相当な財力の持ち主であることは間違いない。

グロームとその召使いの持ち物は、大人しい牝馬《ひんば》の背に乗せられている。召使いの若者がその馬を引き、グロームの後に続いていた。好奇心に駆られた何人かの傭兵たちが、せめてこの若者から何か聞き出せないかとあれこれ話しかけたが、若者は主人同様、殆ど口を開かなかった。恐らく主人から、何も喋《しゃべ》るなと口止めされているのだろう。

薄い灰色の雲の彼方で、太陽が中天に上った頃、シャリースは昼食を摂《と》るために行軍を止めた。

傭兵たちは道から外れ、草むらの上に腰を下ろした。干し肉やパンを齧《かじ》り始めた部下たちの頭越しに、シャリースは離れた場所から、グロームとその召使いを観察した。グロームは若者の手を借りずに馬から降り、自分の荷物から食べ物を取り出している。一方若者は、馬たちの首筋を優しく叩きながら、それぞれに水を与え、何事かを話しかけている様子である。

違和感に、シャリースは首を傾げた。グロームは若者を、自分の召使いだと紹介したが、普通召使いというものは、もっとこまめに主人の世話をするものだ。主人が馬から降りるのに手を貸し、座るのにふさわしい場所を作り、食べ物や水を給仕するのが仕事のはずだ。だが、若者が気に掛けているのは、老人よりむしろ馬の方で、グロームも、それを気に留めていないようだ。

あの若者は、実際は召使いではないのかもしれないと、シャリースは推測した。出会ったときの印象と、彼の腰にある剣を見るに、老人の護衛だと言われたほうがまだ納得できる。だとすると、問題は、それを自分たちに隠している理由だ。

しかし恐らく、本人たちに確認しようとしても、彼らは簡単には口を割らないだろう。

四十絡《がら》みの痩せた男が、シャリースの隣に腰を下ろした。

「謎の雇い主を、監視しているのか」

メイスレイは、最近バンダル・アード＝ケナードに加わった男である。以前に所属していた傭兵隊は壊滅した。生き残った僅かな仲間と共に、彼はシャリースを頼り、再び傭兵として生きる道を選んだのだ。

固い干し肉を噛《か》みながら、シャリースは目線で老人を指した。

「あの召使いだという若いのが、召使いらしいことを殆ど何一つしないのは何故だろうと考えていた」

「名前はセダーだ」

こともなげに教えられ、シャリースは片眉を跳ね上げて、隣の男を横目で見やった。

「あいつと喋ったのか？」

「いや」

メイスレイはかぶりを振った。水筒の栓を開け、中身を呷《あお》る。

「グロームがそう呼んでいるのを聞いただけだ。俺は、彼らのすぐ後ろにいたからな」

「それなら、今度は話しかけてみろよ。それで何か、耳寄りな情報を聞いてきてくれ。もし何か判ったら、恩に着るぜ」

面倒ごとを押し付けようとするシャリースに、メイスレイは小さく笑った。

「少なくとも、今はまだ無理だろう。彼らが打ち解けようとしないのは、我々を嫌っているからではなく、警戒しているからだ。下手に口を開いたら、自分たちの秘密を漏《も》らしてしまうのではないかと恐れている。賭けてもいいが、彼らは何か、ろくでもないことを企《たくら》んでるぞ」

シャリースは苦笑した。

「――賭け事には手を出さないことにしてる。それに、大体そんなこと、そもそも賭けにもならねえだろうよ」

「ところで隊長」

　のんびりとした口調で割り込んできたのは、彼らの側に、足を投げ出して座っていた若者だった。

「ここ、どこです？」

　チェイスはバンダル・アード＝ケナードの最年少で、まだ二十歳《はたち》にもなっていない。くせっ毛で、屈託のない笑みが浮かぶ顔はそばかすだらけだ。バンダルの面々は彼を子供扱いしていたが、仕事の面で、チェイスに不安を抱く者はいなかった。浮浪児上がりのこの若者は、一片の躊躇いも容赦もなく、手際よく敵を殺す能力に長《た》けている。

　人一倍食い意地の張っていることで知られている彼は、このときも、パンの大きな塊を頬張っていた。

「この先に、町か何かあるんすか」

　パンに口を塞《ふさ》がれたまま、不明瞭《ふめいりょう》に尋ねる。

「途中で食い物なくなっちまったらどうするんです？」

　常に腹を空かせていた少年時代は終わろうとしていたが、未だに、チェイスの、食べ物に対する執着は衰えを見せない。横で聞いていたダルウィンが苦笑する。

「食い物が無くなる前に、命が無くなっちまったらどうするかって話してんだよ」

「今のところは、俺たちは街道を進んできている」

　頭の中で、シャリースは地図を辿《たど》った。

「このまま行けば、明日か明後日には、オストローダに出る。だが、途中で街道から外れたら、その先は判らん」

「食べ物が買えなくなるってことっすか？」

　チェイスの表情に不安の色が差す。シャリースは肩をすくめた。

「小さな村や町は、他にも幾つかある。心配しなくても、食べ物は手に入るだろうが――」

シャリースは顎で、若者の持っているパンの塊を示した。

「今、一気に全部食うのはやめとけ。後で泣きを見る羽目になるかも知れねえからな」

脅しを掛けると、チェイスの顔に絶望したような表情が浮かぶ。見ていた傭兵たちから笑い声が漏れた。メイスレイがかぶりを振る。

「どうやら、食料はしっかり抱いて寝たほうが良さそうだな」

彼の言葉が冗談ごとでは済まなくなってきたのは、その日の午後になってからである。

グロームが遂に街道から逸《そ》れ、草原の中へと馬を進め始めたのだ。真っ直ぐ西を目指す雇い主の後ろ姿を追いながら、傭兵たちは互いに、落ち着かなげな視線を交わした。最初から、行き先が明かされないことは判っていたはずだったが、いざ知らぬ場所に足を踏み入れた途端、得体の知れない不安が湧いてきたのである。

シャリースは部下たちを追い越し、雇い主の老人に追いついた。荷馬を引いているセダーがちらりと傭兵隊長を見やったが、口を開こうとはしない。

シャリースはグロームの馬に並び、鞍《くら》の上にいる老人を見上げた。

「街道を外れたようだな」

グロームは真っ直ぐに前を向いたままだ。

「近道をしております」

静かに答える。

「この辺りはよく存じておりますので」

「ここまで来たんだ。そろそろ行き先を教えてくれてもいいんじゃねえか？」

猫撫で声で促《うなが》してみたが、恐らくグロームにしてみれば、脅迫《きょうはく》のように聞こえたことだろう。老人の目が、悲しげにシャリースを見やった。

「――それは、ご容赦ください」

だが、武装した傭兵の一団に囲まれて、孤立無援のこの状態でも、彼の主張は変わらないのだ。懐柔であろうと脅しであろうと、彼の口を割らせることはできないらしい。シャリースは食い下がった。

「途中で入り用な物を揃《そろ》えられるのか、せめてそれだけでも知りたいんだがな」

「ご心配には及びません」

その根拠も示さぬまま、グロームはそう言い張る。表情は固く、取り付く島も無い。

シャリースは溜息をついた。肩越しに振り返ったときセダーと目が合ったが、セダーはふいと横を向いてしまった。


だがシャリースの目には、少なくともグロームよりは、この若者の方が与《くみ》しやすそうに見えた。


その夜は、草原の真ん中で野営《やえい》した。

夏はとうに終わり、野外で過ごす夜は、火が無いと辛《つら》くなってきている。草原の中に、燃やせるものは、そう多くはない。だが傭兵たちは、枯れ草や僅かばかりの木切れを拾い集め、老人のために火を焚いてやった。グロームは明らかに疲れ切っており、その関節が寒さに強張《こわば》っていたのは、誰の目にも明らかだったのだ。

その焚き火は、傭兵たち全員が温まるにはあまりにも小さい。傭兵たちはめいめいの毛布に包《くる》まって暖を取った。もし、火に当たっていいと言われたとしても、殆どの者が遠慮しただろう。だんまりを決め込む老人やその召使いと気まずく過ごすより、多少寒くとも、気心の知れた仲間たちと一緒にいたほうが気が楽なのだ。

シャリースは焚き火の前に留まった。

火の向こう側で、グロームは毛布に包まって横たわり、浅い眠りについていた。楽な旅ではなかったはずだが、彼は決して泣き言を口にせず、シャリースはそのことに、密かに感嘆していた。グロームには果たすべき使命があり、そのために、彼は恐らく、命さえ投げ出す覚悟があるのだ。馬の背に揺られ続けることも、夜の寒さも、その使命の前には何ほどのものではないのだろう。

しかし、と、シャリースは横目で、セダーという名の若者を見やった。この若者の方には、一体どれほどの覚悟があるのだろうか。

セダーは背中を丸めて座り込み、ただじっと、火の中を見つめている。最初に会ったときには、きちんと身なりを整えていたが、今は大分それを崩してしまっていた。恐らく、髪や服を気にかけることは、そもそも彼の流儀ではないのだろう。表情には暗い影が宿っていたが、その眼差しは素朴で、飾り気が無い。

暗闇のどこかから、低い歌声が聞こえてきた。

それを耳にして、シャリースは下を向いたまま苦笑した。彼の生まれ故郷セリンフィルドの言葉で紡がれるそれは、セリンフィルド人なら誰でも知っている求愛の歌だ。若い娘の肌や髪、瞳の美しさを褒《ほ》め称え、誘惑する男の言葉が延々《えんえん》と続く。

セリンフィルドは、かつて大陸の東端に存在した、美しい丘と湖の国だった。

二十年以上前に併合され、今は、エンレイズの一部になっている。だが、セリンフィルドの人々の多くは依然として、昔ながらの生活を続けており、その言葉や文化を守っていた。エンレイズの中心部から遠く離れているがために、そこに住む人々の暮らしが、急激に変わることはなかったのである。

もっとも、変化を強《し》いられた者ももちろん存在している。シャリースを始め、バンダル・アード＝ケナードには、そんなセリンフィルド人が多く所属している。

そもそもこの傭兵隊を作った男がセリンフィルド人であったために、バンダル・アード＝ケナードは、当初殆どが、同郷の者たちで構成されていたという。それから三十年近くが経過し、傭兵たちの顔ぶれは入れ替わってきたが、依然として、バンダル・アード＝ケナードの隊長はセリンフィルド人であり、隊員の半数近くもその同郷の者たちだった。そのためこのバンダルでは日常的に、セリンフィルド語が聞かれるのである。

横たわっていたグロームが、小さく身じろぎした。シャリースは老人の様子を窺い、彼が寝入っているのを確かめた。段々破廉恥《はれんち》な内容になっていくこの歌も、老人の気には障らなかったらしい。

ほっとして座り直すと、顔を上げたセダーの姿が目に入った。セリンフィルド語の歌に聞き入っているらしい。

「……意味は判るか？」

尋ねると、セダーはかぶりを振った。

「いや」

若者は答え、そして付け加えた。

「……だが、楽しそうな歌だ」

彼の声を初めて聞いたと思いながら、シャリースはうなずいた。

「本当は、野郎しかいない場所で歌うような代物じゃないんだ。初心《うぶ》な娘をだまくらかして、ベッドに誘うための歌でな」

雑嚢《ざつのう》を探って、彼は小さな革の水筒を取り出した。蓋《ふた》を取って、セダーに差し出す。

「飲めよ。俺の故郷の酒だ。ファイリーチの上物だぜ」

ファイリーチはセリンフィルドの町で、昔から、ブランデーの醸造で名高い。値段は張るが、その芳醇《ほうじゅん》な香りと深い味わいには、大金を積むだけの価値がある。

セダーは素直に、水筒を受け取った。ゆっくりと一口飲んで、シャリースに返して寄越す。

「……うまい」

小さな呟《つぶや》きが、若者の口から洩れる。シャリースは唇の端を上げた。

「そうだろう」

ブランデーを口に含み、その豊かな香りが鼻に抜けていくのを楽しむ。そして、若者に目を向ける。

「ところでな、これから俺たちは、どこへ行くことになってるんだ?」

さりげなさを装って尋ねたが、その瞬間、セダーの頬に、微かな狼狽《ろうばい》が浮かんだ。自分が、今まさに買収されようとしていることに気付いたのだろう。

「生憎《あいにく》だが、俺は知らない」

固い口調で、彼は言った。

「雇われたばかりで、雇い主のことさえ良くは知らないんだ」

静かな声の裏にある焦《あせ》りと不安を、シャリースは聞き取った。セダーが、それ以上は何も喋らないであろうことが、その声から察せられる。彼の態度は、金で沈黙を買われた男のそれとは違っていた。金で買われた沈黙ならば、話は簡単だ。それ以上の値を付けてやればいい。しかしセダーの場合には、その手は通用しないようだった。忠義か、恐怖か――とにかく、金以外の何かが、彼の口を塞いでいるのだ。そんな男を、たかが一口のブランデーで釣ることは出来ない。

シャリースは話題を変えた。

「家族はいるのか?」

唐突な問いに、セダーはちらりと目を上げた。

「……もういない」

答えはやるせないものだったが、その声は平板だった。少なくとも、彼が家族を失ったのは、そう最近のことではないのだろう。

「そうか」

もう一度、シャリースはブランデーの水筒をセダーに回した。セダーが中身を、喉へ流し込むのを待つ。

「グロームに雇われる前は、何をしてたんだ?」

セダーは手の甲で口元を拭《ぬぐ》った。

「……剣の腕を売って、あちこちを転々としていた」

気が進まぬような声音である。シャリースは注意深く相手を観察した。もしかしたら、これは嘘かもしれない。だが、そうだとしたら、彼は一体何のために嘘をついているのだろうか。

「どこの出だ?」

答えが返るまでには、幾許《いくばく》かの時間が必要だった。

「……レムジーだ」

エンレイズ中央部の、古い都市の名をセダーは口にした。シャリースはうなずいた。

「帰りたくはならないか?」

セダーは炎の中へ視線を転じた。

「あそこにはもう、誰もいない」

「俺も、故郷に家族はいない。皆死んだ」

セダーの手から水筒を取り上げて、シャリースはそれを呷った。もう、大分残りが少ない。

シャリースは、それが作られたファイリーチの町を思い出した。子供だった頃、彼は何度か、父親に連れられてそこに行ったことがある。あの町にはいつも、ブランデーの芳《かぐわ》しい香りがしていた。家族は死に、彼ももはや子供ではない。しかし、あの町は今でも変わらず、甘い香りに包まれているに違いない。セリンフィルドという国がエンレイズに飲み込まれてからも、ファイリーチは、上質のブランデーを出荷し続けている。

「——それでも時々」

シャリースは水筒の中身を揺らしながら、ゆっくりと言った。

「無性に、生まれ故郷に帰りたくなるときがある。俺が育ったのは、だだっ広い草原と湖以外、何もないところだったが、何たって、人生で一番いいときを過ごした場所だからな」

目の隅に、シャリースはマドゥ＝アリの姿を捉えた。白い狼が横に寝そべっているため、彼の姿は、薄闇の中でもすぐに見つけられる。

マドゥ＝アリは、しかし、故郷を懐かしんだりはしないと、シャリースは知っていた。

マドゥ＝アリはその故国に、奴隷《どれい》として生まれたのだという。顔の刺青は、逃亡を防ぐため、幼い頃に無理矢理入れられたものだ。彼は戦場で戦うために訓練され、虐待《ぎゃくたい》されてきた。彼にとって、故郷にあったのは絶望だけだ。その国を抜け出し、バンダル・アード＝ケナードの一員になってから、彼は初めて、仲間の側で寛《くつろ》ぐことを覚え始めている。

だがセダーは、故郷を懐かしむことのできる、幸運な人間の一人だった。躍る炎を見つめながら、彼は静かに言った。

「……そうだな。生まれ故郷には、いい思い出もある。生活は苦しかったが——苦しいだけじゃなかった」

傭兵の一人がまた別の歌を歌い始め、彼らはそれに耳を傾けた。

2

バンダル・アード＝ケナードが、老人に連れられて小さな町に入ったのは、その二日後のことだった。

町はエンレイズ軍の兵士で溢《あふ》れていた。紺色の軍服がそこかしこで目に付き、町の住民よりも多くの兵士が集結しているようにさえ思える。

そして見たところ、彼らは、少なくとも数週間はここに滞在している様子だった。皆装備を外し、軍服を着崩して、寛《くつろ》いでいる。モウダー国内だというのに、まるで、エンレイズの町にいるかのようだ。

黒い軍服の傭兵《ようへい》たちに、彼らは殆《ほとん》ど関心を示さなかった。味方の傭兵は、ここでは見慣れた光景の一部なのだろう。馬に乗って先頭に立ち、傭兵たちを付き従えている老人に、奇異の目を向ける者もいたが、それだけだ。結局誰にも止められることなく、彼らは町の中心である丸い広場へ入った。

広場には荷馬車の轍《わだち》が幾重にも刻まれている。その周囲には、パンや果物などを売る商店が、ぎっしりと軒を連ねていた。

小さな町ではあったが、商業で栄えているらしい。商店には町の住民やエンレイズの兵士たちが群がり、活発なやり取りが行われている。様々な商品を積んだ荷車が、ひっきりなしに道を行き交う。人々の様子は活気に満ちており、皆それぞれの仕事に忙しそうだ。

「私はこれから、ある場所に行かねばなりません」

シャリースを呼んで、グロームはそう告げた。シャリースはうなずいた。

「ようやく、我らが雇い主のご登場というわけか」

この町で落ち合うことになっていたのだろうと合点して、グロームの馬の轡《くつわ》を摑《つか》む。

「どこだ」

馬を引こうとしたシャリースを、しかしグロームは引き止めた。

「あなた方には、ここでお待ちいただきます」

きっぱりとそう言い渡す。聞いていた傭兵たちから、不満の呟《つぶや》きが上がる。出鼻を挫《くじ》かれて、シャリースは眉《まゆ》を寄せた。

「この期に及んで、雇い主の顔も見せない気か？」

傭兵隊長の不機嫌な顔にも、グロームは動じない。

「夕暮れまでに戻ってまいりますので」

頑《かたく》なに言い張る。一瞬反駁《はんばく》しかけたが、シャリースは肩をすくめて、轡を離した。

「……判った」

この老人には、何を言っても無駄だということは、もう十分に理解している。グロームの口を割りたければ、文字通り、ナイフを使ってその口を切り裂くしかない。しかも、そこまでしたところで、彼が本当に真実を話すかどうか、シャリースには確信がなかった。

グロームは、通りの一本へ姿を消した。供をするのは、セダー一人だ。

興味はあったが、シャリースは、行き先を突き止めることを断念した。好奇心を満たすためだけに、雇い主の機嫌を損ねるのは、得策ではない。

「――そういうことだそうだ」

溜息《ためいき》を一つ吐いて、彼は部下たちを振り返った。

全員の目が、彼を見ている。

「しばらくここで休憩だ。揉《も》め事は起こすなよ。日が暮れる前に、ここに帰って来い……」

その言葉が終わるか終わらぬかの内に、チェイスがマントを翻《ひるがえ》して、腸詰《ちょうづめ》を掲げた店へと走っていく。彼はこの町に入った瞬間から、食べ物の匂いに心奪われて、気もそぞろだったのだ。

いっそ小気味いいほどのその走りっぷりに、シャリースは苦笑した。

「ライル」

部下の一人を呼び寄せる。寄ってきたのは暗褐《あんかっ》色《しょく》の髪の、無邪気そうな顔つきの若者だ。バンダル・アード＝ケナードでは新顔の一人だが、チェイスとは仲がいい。

「おまえはチェイスと一緒に、この広場で待機だ。何を食おうと自由だが、ここから離れるな。グロームが戻ってきたら、すぐに知らせろ」

「判りました！」

やはり腹を空かせていたらしい。ライルも元気のいい返事を残し、嬉々としてチェイスの後を追った。傭兵たちも三々五々、町の中へと散っていく。

バンダル一の巨漢であるノールが、マドゥ＝アリを促《うなが》して広場の一角へ向かっている。エルディルが尻尾を振りながら、いそいそとその後に続く。彼らが目指しているのは、血の滴《したた》るような生肉の塊《かたまり》を並べた店だ。

「……ことによると」

最後に残ったゼーリックが、シャリースに話しかける。

「我々の雇い主は、若くて綺麗《きれい》な娘かも知れないな」

口髭《くちひげ》を撫《な》でながら、彼は広場に散らばる黒衣の傭兵たちを目で指した。

「飢えた野獣のような傭兵どもに、それを気付かせたくないいんじゃないか？」

「だとしたら、賢明な判断だな」

シャリースは片頰《かたほお》で笑った。

「若くて綺麗な娘がいるとなったら、あの獣《けだもの》どもも、俺にだって抑え切れねえぜ——もっとも、色気より食い気の奴もいるようだがな」

労《ねぎら》うようにシャリースの肩を叩いて、ゼーリックは歩み去った。それを見送って、シャリースもぶらぶらと歩き出す。まずは、腹ごしらえをしようと決める。部下たちの多くも、同じことを考えたはずだ。干し肉や固いチーズには、もう飽きた。焼き立てのパンと、新しい肉が食べたかった。それから誰かを摑まえて、この町の正確な位置と、戦況を聞き出さなければならないだろう。何しろ彼らは、目隠しをされてここへ連れてこられたようなものなのだ。

だが、広場から路地へと入ろうとしたシャリースを、何者かが呼び止めた。

「シャリース⁉」

シャリースはそちらを振り返った。聞き覚えのある声だったが、咄嗟《とっさ》には誰か判らなかった。黒い髪の長身の男が、大股にこちらへ近付いてくる。四十を過ぎた灰色の瞳の男で、黒い無精髭《ぶしょう》が顔の下半分を覆《おお》っている。

シャリースは驚きに目を見張った。

「よう、先生じゃねえか！」

ヴァルベイドという名のこの医者は、以前に、バンダル・アード＝ケナードを自身の護衛として雇っていたことがあった。

あの時は不運が重なって、バンダルの面々と別行動を取らざるを得なくなってしまった。しばらく彼らは、二人だけで、敵をかわしながら逃げ回ったものだ。エルディルがいなければ、恐らく生き延びられなかっただろう。だがその切羽詰った日々のお陰で、彼らは親しくなったのだ。

しかしその後は、連絡を取り合っていたわけでも、それが可能な状況でもなかった。シャリースは日々命を危険に晒《さら》す生活を送っており、ヴァルベイドの方も、一箇所に留まっていたわけではなかったはずだ。

「こんなところで何してるんだ」

乱暴な抱擁《ほうよう》を交わして、シャリースは、年嵩《としかさ》の医者の顔を覗《のぞ》き込んだ。以前より目尻の皺《しわ》が深くなっているように感じたが、灰色の瞳には生き生きとした笑みが浮かんでいる。

「仕事さ、決まってるだろう」

ヴァルベイドは肩をすくめた。

「君の方も――同じだろうな」

「まあな、ぶらぶら遊んでられるほど、いいご身分じゃねえからな」

そして、シャリースははたと気付いた。

ヴァルベイドは医者だ。だが、彼には裏の顔がある。以前はそのために、危うく牢獄で朽《く》ち果てるところだった。

彼は、エンレイズ国王の間諜《かんちょう》なのだ。

それに思い至った瞬間、シャリースは、摑み掛からんばかりの勢いで、ヴァルベイドに迫っていた。

「……あんたか⁉」

グロームはこの町で、恐らく雇い主を探しに行った。そして、目の前に現れたのがヴァルベイドだ。

ヴァルベイドは以前にもバンダル・アード゠ケナードの働きぶりを見たことがある。傭兵たちはその時、与えられた仕事を辛《から》くも果たし、ヴァルベイドの面目を保ったのだ。もしこの医者が今も国王の任を負っているのなら、それを果たすために、再び彼らを雇いたがったとしても不思議ではない。グロームが雇い主の名を明かしたがらなかったのも、ヴァルベイドが極秘の任を負っているからだと考えれば、納得が行く。

しかしヴァルベイドは、訳が判らないという顔になった。

「何？」

「俺たちを雇うために人を寄越したのは、あんたなのか？」

驚いた様子で、ヴァルベイドはかぶりを振った。

「……君たちに会いたかったのは事実だが、そのためにわざわざ君たちを雇ったりはしない。私も、それほど金持ちではないからな」

シャリースは思わず、長い息を吐き出した。ヴァルベイドが、若い傭兵隊長をしげしげと見つめる。

「……誰かに雇われているんじゃないのか？」

「雇われてはいる。前金ももらった」

苦々しく、シャリースは認めた。

「問題は、その金の出所が、さっぱり判らないということだ」

彼は事情をかいつまんで、ヴァルベイドに説明した。医者は、顔をしかめて、それを聞いた。その表情からして、彼もまた、この事態を憂慮《ゆうりょ》しているのは明らかだ。

横合いから近付いてくる気配を察して、シャリースは顔を上げた。

今まさに話題にしていたグロームが、彼のほうへと徒歩でゆっくりと近付いてくる。自分が乗っていた去勢馬の轡を、自らの手で摑んでいた。その後ろから、セダーが、荷馬を引いてついてくる。

普段から明るいとはいえぬグロームの表情は、暗く沈みこんでいた。

「……主人は、ここに来ておりませんでした」

弱々しい声音で、彼は傭兵隊長に告げた。

「伝言が残されていないかどうか、これから確認してまいります。今夜はこの町で休むことに致しましょう」

「それで、明日は？」

「……」

シャリースの問いに、答えは無かった。グロームが目を伏せるのを見て、シャリースは唇《くちびる》の端を下げた。

「……判ったよ。じゃあ、俺の部下を護衛に付けよう。この辺りはエンレイズ軍の兵士どもがうろついてて、治安が悪いからな」

シャリースの言葉に、一応正規軍に所属しているヴァルベイドが苦笑する。グロームは拒絶するように片手を挙げかけたが、結局その手を下ろした。

「あ、医者の先生だ！」

背後から声が上がった。

チェイスが、ライルを引き連れて、ばたばたとこちらへ走ってくる。チェイスもまた、ヴァルベイドとは一緒に旅をした仲だ。見知った顔に、ヴァルベイドも顔を綻《ほころ》ばせる。

「やあチェイス、元気そうだな」

「何でこんなところにいるんすか」

医者と若者の挨拶《あいさつ》を、シャリースは途中で遮《さえぎ》った。

「ちょうどいいところに来た。おまえら、彼を護衛して、宿に連れてってやれ。側《そば》を離れるんじゃねえぞ」

グロームを指し示す。隊長の命令に、チェイスとライルは、不満を隠す努力さえしなかった。

「でも、俺まだ腹減ってて……」

しかしチェイスの主張に、シャリースは耳を貸さない。既に二人の口元は、肉汁らしき脂《あぶら》で汚れているのだ。

チェイスの鼻先に、シャリースは指を突きつけた。

「おまえ、俺の話も聞かずに、真っ先に食い物の店にすっ飛んで行っただろうが。俺はこの町についてから、水の一滴も飲んでねえぜ。ほら、さっさと行け。頃合を見計らって、交代をやるから」

そして、老人へ顔を向ける。

「あんたはどこに泊まるんだ？」

グロームは、曲がりかけた指で、ある路地を指した。

「あの先の、猪《いのしし》と槍《やり》の看板が掛かった宿に」

確認して、シャリースはうなずいた。グロームが踵《きびす》を返し、力ない足取りで歩き出す。その両脇をチェイスとライルが固め、その後ろから、セダーが、馬を連れて続こうとする。

「セダー」

シャリースが呼びかけると、若者は振り返った。

シャリースは、二人の部下の背を指した。

「何か用があったら、あの二人に言うといい。使いっ走りくらいの役には立つぜ」

「使いっ走り？」

聞き咎《とが》めたらしいライルが、肩越しに彼を振り返る。口元が笑っている。

「さっき護衛って言いませんでした？　使いっ走りと護衛は、一緒には無理ですよ」

「いいから、やれと言われたことをやるんだ、ライル」

しかつめらしく、シャリースは新入りの若者に言い渡した。

「俺には、部下を好きなように使える権利があるんだよ。忘れたか？」

忘れるはずはないだろう。バンダル・アード＝ケナードの入隊の儀式は強烈だ。仲間に入りたいと思う者は、例外なく、隊長の命令には何であろうと従うと、誓わされている。

チェイスの方は、護衛であろうと使いっ走りであろうと、全く頓着《とんちゃく》していなかった。

「猪が看板に描いてあるって、それは猪の肉が食べられるってこと……」

グロームに、遠慮の欠片《かけら》もなく話し掛けている声が聞こえ、シャリースは苦笑した。既にチェイスの心は、宿で食べられるはずの料理に飛んでいるようだ。セダーはシャリースにうなずいて寄越した。そして、ゆっくりと主人の後を追う。

一行を見送って、シャリースは、ヴァルベイドに目を戻した。

ヴァルベイドは眉間《みけん》に皺を寄せて、グロームの後ろ姿を見つめていた。顎《あご》を撫でながら、シャリースを見やる。

「……なかなか厄介《やっかい》なことに首を突っ込んでいるようだな」

シャリースは肩をすくめた。それは、今更言われるまでもない。

「いつものことさ」

「だが、いつも以上に危ないように見える」

「ああ、判ってる」

シャリースは口の端で笑ってみせた。

「心配してもらえるのはありがたいが、これが仕事だ。あのじいさんが俺たちの前に金を積んだ以上、俺たちは行くしかないんだよ」

「そうだな――」

しかし、ヴァルベイドの口調は歯切れが悪い。

シャリースは、医者の肩に腕を回した。

「なあ、食い物のうまい店を知らないか。腹が減ってるんだよ。酒の一杯くらい奢《おご》るから、ここで何してるのか、聞かせてくれよ」

ヴァルベイドは一瞬だけ躊躇《ためら》い、そしてうなずいた。シャリースを連れて、広場を後にする。

二人が入ったのは、広場から伸びる一番広い道沿いに面した、大きな酒場だった。

古く、がっしりとした造りで、柱や梁《はり》は煙で黒く煤《すす》けているが、店の中は清潔だ。中には数人の客がまばらに座っている。二人は、壁際の目立たぬ席についた。

新鮮な野菜がたっぷり入ったスープに牛の炙《あぶ》り肉、そして柔らかなパンに舌鼓《したつづみ》を打ちながら、シャリースはヴァルベイドから、現在自分がいる場所について聞き出した。

この町はモウダーとガルヴォの国境付近に位置している。今はエンレイズ軍が駐屯《ちゅうとん》しているものの、半年前までは、ガルヴォ兵が溢れていたのだという。エンレイズ国内へも、馬で一日ほどの距離で、戦争状態にあるエンレイズとガルヴォ両国にとって、最前線の町の一つなのだ。

「もっとも、情勢は、北での戦い如何《いかん》で決まるがね」

ヴァルベイドは、エールを飲みながら評した。

「エンレイズ軍とガルヴォ軍がぶつかるたびに、国境線が東に西にと動いている。ここは確かにモウダー国内だが、国境線がもう少し東へずれたら、この町にも再び、ガルヴォ軍が雪崩《なだ》れ込んでくるだろう。そうしたら、我々は、尻に帆をかけて逃げ出すしかない」

「ここにいるエンレイズ軍は、ガルヴォ軍への睨《にら》みを利かせるために配置されてるってわけか?」

傭兵隊長の問いに、黒髪の医者は肩をすくめた。

「まあ、そう言ってもいいだろう。この町を押さえていれば、ガルヴォ軍が南から回り込むのを、ある程度は食い止められるからな。だが、私がここにいる理由は、それだけじゃない——判っているだろうが」

「へえ?」

知らぬ振りで、シャリースは片眉を上げて先を促した。ヴァルベイドが口の端で笑い、左手を広げてみせる。

「君も見ただろう、この町には、紺色の軍服を着た男どもが大勢いる。そこにガルヴォ軍の臙脂《えんじ》の軍服を着た男が入ってきたら、もちろんカラスの群れに紛《まぎ》れ込んだ雄鶏《おんどり》のように目立つだろう。だが、何の変哲もない服を着た商人が出入りしても、誰もそれを見咎めたりしない」

意味するところを、シャリースは少しばかり思案した。

「つまり、この町には、ガルヴォの商人が出入りしてるのか」

ヴァルベイドはうなずいた。

「ここはモウダーだ。エンレイズ人でもガルヴォ人でも、町の人間が許せば誰でも出入りできるし、我々がそれを阻《はば》む権利はない」

「そしてあんたは、ガルヴォ人がここで何をしているのかを探っているわけだ——国王陛下のご命令で」

小声で付け加えられた一言に、ヴァルベイドが曖昧《あいまい》な笑みを浮かべる。

「ガルヴォ人の商人が町に入ってきたら、モウダー人の振りをして挨拶するようにはしているよ」

シャリースは鼻を鳴らした。以前ヴァルベイドは、やはりモウダー人を装って、ガルヴォの要人の家に潜入していたことがある。たった一人で敵地にいたあの時と比べれば、ここでの仕事ははるかに楽なはずだ。

「折角《せっかく》だから、ついでに、俺たちの雇い主が何者なのかも、調べてくれると助かるんだがな」

ヴァルベイドはゴブレットをテーブルに置き、その縁を指でなぞった。

「手掛かりも無しに？　幾らなんでも、それは無理だ」

諭すような口調になる。シャリースは唇の端を下げてみせた。それが無理難題であることは、彼ももちろん承知している。ただ、どんなに僅《わず》かなものであろうと、今は助けが欲しいのだ。

「それとも、あんたも俺たちと一緒に行ってくれるか？　分け前は出すぜ」

半ば本気で誘ってみる。先の見えないこんな仕事では、医者が一緒にいるというだけで心強い。それにヴァルベイドは、腰に佩《は》いた剣の使い方を心得ていた。少なくとも、足手まといになることはない。

傭兵隊長の提案に、しかしヴァルベイドは首を横に振った。

「残念だが、国王陛下から賜《たまわ》った仕事を、そう簡単に放り出すわけにはいかなくてね。それに、医者としても、それなりに忙しい身なんだ。その上、この辺りに物資を回してくれていた司令官が、最近死んだとかいう話で、その後任が決まっていないんだ。輸送が滞《とどこお》っていて、怪我人《けがにん》や病人に、薬が行き渡らないんだよ。そのやりくりに走り回ってる」

「そもそもの仕事が疎《おろそ》かになるくらいに？」

シャリースの皮肉な口調に、ヴァルベイドは苦笑した。

「私は元々医者が本業なんだよ、シャリース。国王陛下から秘密のご命令を賜るようになってから、まだ十年も経っていない」

店の女主人が、エールのお代わりを注ぎに来た。二人は口を噤《つぐ》んで彼女の仕事が終わるのを待った。

エールを一口飲んで、それからヴァルベイドは小さな声を立てた。

「そうだ、シャリース、バンダル・ルアインもここにいるぞ」

スープの椀《わん》をパンで拭《ぬぐ》っていたシャリースは、その一言に驚いて顔を上げた。

バンダル・ルアインは、バンダル・アード＝ケナード同様、エンレイズ軍に属する傭兵隊である。これまでにも、幾度も共に戦ったことがあり、隊員同士も互いによく知った仲だ。隊長のテレスは、冷静で堅実《けんじつ》な戦い方をする優秀な男だった。戦場でも、安心して背中を預けることが出来る貴重な相手である。

「知らなかった。奴らも、ここで燻《くすぶ》ってるのか」

ヴァルベイドはうなずいた。

「町の西に野営《やえい》している。雇い主はフラートという男だ。この町にいるエンレイズ軍の指揮を執っている。だが、今のところその男からは待機命令しか出ていないようだ。退屈しているらしくて、私の仕事も時々手伝ってくれている」

シャリースはにやりと笑った。

「油断しねえほうがいいぜ、先生。テレスは、自分や部下を安売りしたりしない。後で料金を請求するつもりかも知れねえよ」

「バンダル・ルアインは、フラート殿から十分な金をもらっている。私の小さな財布になど興味は無いさ」

「いると知ったからには、奴らにも挨拶に行かねえとなあ」

　出されたものを綺麗に平らげて、シャリースは一瞬、天井を見上げた。そして、ヴァルベイドに目を戻す。

「その前に、この辺で、まともな風呂に入れる宿を知らねえか？」

　ヴァルベイドは微笑した。

「相変わらずのようだな」

　この若い傭兵隊長と共に旅をしていた僅かな期間に、ヴァルベイドは、彼の風呂への執着を思い知らされていた。他のどんな楽しみよりも、シャリースは、熱い風呂に金を使いたがる。部下たちもそれに慣れて、今ではからかう者さえいない。

　シャリースは肩をすくめた。

「人間、習慣てやつは、そう簡単には変わらねえもんさ」

　ともかく、ヴァルベイドは宿の場所を教え、二人は一旦別れた。


　夕方近くになってから、シャリースは、バンダル・ルアインの野営地へと入った。

　町から一歩外に出た辺りの草原である。傭兵の黒い軍服の上に、濃青色のマントを纏《まと》った男たちの姿は、遠目にもすぐにそれと判った。同様に彼の姿も、バンダル・ルアインの傭兵たちからよく見えていたらしい。それぞれの顔の判別がつく頃には、バンダル・ルアインの隊長自らが、立ち上がってシャリースを出迎えた。

　テレスはシャリースより幾らか年上の、物静かな男だった。痩《や》せた頬に目立つ刀傷があり、それが、彼の容貌《ようぼう》に凄《すご》みを与えている。

「シャリース」

呼び掛けて、テレスは、シャリースのまだ湿っている髪や、剃《そ》りたての顎に視線を走らせた。

「我々に会うからといって、わざわざ風呂に入るには及ばないぞ」

真面目腐った声で言う。シャリースはにやりと笑った。

「たとえ待っているのがしわくちゃの婆《ばあ》さんだったとしても、俺は、風呂に入るんだよ――それが可能なときには、いつだってな」

そして、たむろしているバンダル・ルアインの面々を見渡す。

「達者でやっているようだな」

「今のところはな」

テレスに促されて、シャリースは柔らかな草の上に腰を下ろした。テレスがその隣に座ると、すぐに、側にいた男から革の水筒が手渡される。テレスが栓を取ってそれをシャリースに回し、シャリースは匂いを確かめてから、一口含んだ。ワインだ。まだ若く、少しばかり酸味が強かったが、それでも十分にうまかった。

「町で医者の先生に聞いたんだが、ここで飼い殺しにされてるそうだな」

言いながら、水筒をテレスに返す。テレスは苦笑して、ワインを呷《あお》った。

「平和でいい。いつまで続くかは判らんがな」

水筒に栓をし直して、テレスはそれを部下の手に戻した。そして、シャリースに向き直る。

「そっちはどうした。こんなところに、何をしに来た」

「訳の判らない話の真っ只中なんだよ、こっちは」

シャリースは、ことの次第を、テレスに簡単に説明した。テレスは彼よりも経験が豊富だ。何か助言をもらえまいかと期待したが、しかし、テレスは難しげに顔をしかめた。

「まともじゃないな」

「言うことはそれだけか」

シャリースは思わず笑った。

「もうちょっと、役に立つ言葉を聞かせてくれよ」

「そんな仕事を受ける前に訊《き》いてくれれば、俺も言ってやっただろう、やめた方がいいとな」

テレスの口調は素っ気ない。シャリースは友人の肩に手を置いた。

「こっちにも事情があるんだよ。まあ、主な事情は、要するに金だがな」

それ以上の苦言は口にせず、テレスは小さく溜息をついた。彼にも判っているのだ。傭兵には、仕事を選《え》り好みできる余裕など、そう多くあるものではない。

「それで、どうするつもりだ」

テレスの問いに、シャリースは空を仰いだ。

「とりあえず、グロームというじいさんについていくしかない——一応、契約上はな。だが、この際あのじいさんを人目に付かないところに連れ出して、締め上げてやりたい誘惑にも駆られてる」

「選ぶのはおまえだ、シャリース」

テレスは穏やかに言った。

「どんな結果が待ち受けていようともな」

薄紅色に変わりつつある空を見ながら、シャリースは口の端を上げた。

「それが問題だな」

その時、野営地の片隅から、小さなどよめきが起こった。

二人の傭兵隊長は、そちらへと目を向けた。傭兵たちが驚いた理由は、すぐに判った。町の方から、大きな白い獣が、彼ら目指して駆けて来るのだ。

だがバンダル・ルアインの面々は、その獣を見知っており、エルディィルの方もそれは同じだった。彼女は真っ直ぐに野営地を横切って、シャリースとテレスを見つけ出した。尾を振りながら、久し振りに会ったテレスへと突進する。

「……っ!」

狼《おおかみ》の突撃を、テレスは避《よ》ける間もなくまともに食らった。シャリースが辛《かろ》うじて、その腕を支える。一噛《ひとか》みで馬の喉《のど》をも食いちぎることのできる狼に体当たりをされれば、百戦錬磨の傭兵でも、まともに受け止めるのは難しい。

テレスの膝《ひざ》にのしかかり、その顔を舐《な》めようとするエルディィルの首を、シャリースは片手で摑んで引き離した。エルディィルは気にしたふうでもなく、代わりにシャリースの頰を熱い舌で舐める。

「おいおい、勘弁してくれよ。とんでもねえあばずれじゃねえか!」

彼らの後ろから野次が飛んだ。

「うちの隊長を押し倒そうとしやがったぜ! 隊長の貞操にもしものことがあったら、どうしてくれんだ」

傭兵たちの間から、笑い声が起こる。テレスは部下の言葉に苦笑したが、止めようとはしなかった。

「うるせえな!」

片手で狼を押さえながら、シャリースが喚《わめ》き返す。

「女は、多少元気が良すぎるくらいでちょうどいいんだよ! 文句がある奴には、こいつをけしかけるぞ!」

バンダル・ルアインの面々に動揺《どうよう》が走ったが、

しかしエルディィルは、シャリースの腕の下からするりと抜け出した。元来た方へと走り出す。

目を向けると、黒衣の男が二人、こちらへ向かって歩いてくるのが見えた。濃緑色のマントです ぐに、それが、バンダル・アード＝ケナードの傭兵だということが判る。そのうちの一人に、エルディィルがじゃれかかっていく。

「あれはマドゥ＝アリだな」

テレスがそちらを顎で指した。エルディィルが他の誰より、顔に刺青《いれずみ》のある異国の男に懐《なつ》いていることは、彼もよく知っている。

「もう一人は誰だ」

シャリースは目を眇《すが》めて、マドゥ＝アリの横にいる部下を見やった。

「あれはライルだな。モウダー人の新入りだ。あんたも前に会っただろう」

だがライルは、グロームにつけて送り出したはずだ。持ち場を離れたということは、町で何かあったのかもしれない。

濃緑色のマントを着けた二人は、白い狼に導かれるようにして、バンダル・ルアインの野営地へとやってきた。

「ああ、いたいた、隊長」

シャリースを見つけて、ライルがほっとした顔になる。

「エルディィルなら隊長の行き先が判るってんでついてきたんですけど、もしかして、ただ俺をからかって遊んでるんじゃないかって、心配になってきてたんですよ」

バンダルに加わった当初は、狼を怖がっていたライルも、今ではすっかりエルディィルの存在に慣れてきていた。エルディィルの方は、もとよりライルなど歯牙にも掛けていない。彼女にとって大切なのはマドゥ＝アリだけで、シャリースは、マド

ゥ＝アリの上官だという理由で認められている
に過ぎず、その他の隊員は、群れの仲間以上のも
のではないのだ。
　今もエルディルは、ふざけてライルのマントに
嚙み付いている。新入りのライルは、エルディル
にしてみれば、格下の相手なのだろう。マドゥ＝
アリも、それを止めようとしない。
　その呑気《のんき》な様子に、シャリースは思わず笑った。
「何かあったか」
「あのじいさんが呼んでますよ」
　エルディルの口からマントを取り返しながら、
ライルが報告する。シャリースは片眉を上げた。
「雇い主が到着したとかいう、ありがたい話じゃ
ないだろうな？」
　シャリースの希望に、しかしライルはあっさり
とかぶりを振る。
「雇い主は行方不明のまんまです。でも、伝言が
届いていたみたいですよ。とにかく、隊長と話が
したいそうです」
　シャリースの隣で、テレスが同情したように肩
をすくめた。
「どうやら今日は、ゆっくり酒を飲んでいられる
状況ではないようだな」
　溜息をついて、シャリースは立ち上がった。軍
服に付いた枯れ草を払い落とす。
「また、今度な」
　次が本当にあるとしたら、と、無意識の内に、
胸の中で付け加える。恐らくテレスも同じだろう。
お互い、明日をも知れぬ傭兵稼業である。次の約
束が空《むな》しいのは承知の上だ。
　バンダル・ルアインの傭兵たちに別れを告げ、
シャリースは迎えに来た二人を連れてその場を離
れた。エルディルが先頭に立ち、傭兵たちはまる
で従者のように後に続いた。

「隊長」

大股に歩くシャリースに、ライルが急ぎ足で横に並ぶ。

「俺たち本当は、誰に雇われてるんです?」

それは、部下たち全員が抱いている疑問だろう。だが生憎《あいにく》、シャリースも、答えを隠しているわけではないのだ。

「さあな。とにかく、俺たちに金を払った奴だ」

「そりゃ金は必要ですけどね」

ライルは低く唸《うな》る。

シャリースはこの若者が、分配された前金をもう殆ど持っていないのを知っていた。まとまった金が入るたび、ライルは、必要最低限の金額だけを手元に留め、残りを送ってしまうのだ。受け取るのは、家を持たない子供たちだ。ライルもかつては、そうした浮浪児の一人だった。そして、自分と同じ境遇にある子供たちを養うために、傭兵になることを選んだのである。

そのライルの眉間に、深い皺が刻まれている。

「でも、幾ら金のためとはいえ、こんな、いかにも怪しい話ってのは……」

「慣れることだ、ライル」

努めて何でもないことのように、シャリースは相手を遮った。

「傭兵を雇うような輩《やから》は、大抵ろくでなしだ。無能で戦い方を知らないか、俺たちを捨て駒に利用しようとしてるか、どっちかなんだよ。おまえは余計なこと考えてないで、マドゥ＝アリに剣の腕を磨いてもらえ。真面目にやらねえと、俺がおまえを追い出す前に、そこらの雑魚《ざこ》にやられて、屍《しかばね》を晒すことになるぜ」

ライルは首をすくめた。剣を握るようになって日が浅いライルの腕前は、傭兵としてはまだ半人前の域を出ない。しかし正規軍の兵士よりも、常に危険な戦場に立たされる傭兵は、人並み程度の腕前では務まらないのだ。

師範に指名されたマドゥ＝アリは、しかしライルには目を向けなかった。もちろん、聞いていない訳ではない。返事を求められない限り、彼は決して、人の話に割り込んだりはしないのである。

シャリースが二人に連れて行かれたのは、グロームが泊まると言っていた宿の二階だった。

扉の前を、ゼーリックが守っている。シャリースが階段を上ってきたのを認め、彼は片眉を吊り上げてみせた。

「容易ならざる事態になってるようだぞ、シャリース」

低い声で囁《ささや》く。シャリースはうなずいた。呼び出された時点で、それは想像がついている。

「チェイスはどうした」

彼の問いに、年嵩の傭兵は鼻を鳴らした。答えなど判り切っていると言わんばかりの顔だ。

「どこか、食べ物のあるところにいるだろう。俺がここに来たときの、あいつのつむじ風みたいな逃げ足には、一見の価値があった」

「腹減らしてましたからね」

ライルが後ろから言い添える。

「誰か交代に来てくれるのを、首を長くして待ってましたよ」

「――まあ、いつものことだな」

シャリースはうなずいた。

「ライル、おまえはもう行っていい。誰か、最初に会った奴を摑まえて、ここに寄越してくれ。護衛の順番が回ってきたってな」

不安げに、ライルは眉を寄せた。

「俺の言うことなんか、聞いてくれますかね」

シャリースは片手を振った。

「文句があるなら、ここに来て、じかに俺に言えと脅しを掛けとけ。誰だろうと、給料分の仕事はしてもらうぜ。さあ、行け」

　その手に弾《はじ》かれたかのように、ライルが階段を駆け下りていく。シャリースは、静かに控えている異国の男と、白い狼に目を向けた。

「おまえとエルディルは、もう飯は食ったか？」

　マドゥ＝アリはうなずいた。食べ物の話だということを察知したか、エルディルの尻尾が微《かす》かに揺れる。期待に満ちた金色の瞳を、シャリースは敢《あ》えて見ないようにした。

「よし、じゃあ、しばらくの間、この扉を守ってくれ。誰も中に入れるなよ」

　そして、ゼーリックに視線を移す。

「ゼーリック、一緒に来てくれ」

　指先で口髭を撫でながら、ゼーリックは若い隊長を見返した。

「グロームは、おまえをご指名だぞ」

　シャリースは肩をすくめた。

「俺一人じゃ、あの古狸《ふるだぬき》には歯が立たなかったんだ。今度は二人掛かりでやってみようじゃねえか」

　ゼーリックは顔をしかめたが、拒みはしなかった。シャリースは扉を叩いた。即座に扉が開き、セダーが顔を覗かせる。

　若者に迎え入れられ、シャリースとゼーリックは室内に入った。マドゥ＝アリとエルディルが持ち場に就き、扉が静かに閉められる。

　壁に大きなタペストリーの飾られた、広い部屋だった。床は張りかえられたばかりのようで、調度品も新しい。エンレイズ軍の兵士たちがこれほど町に溢れていながら、グロームがこの部屋を確保することが出来たのは、この部屋の値段が、一兵士の懐《ふところ》には、あまりにも高かったからかもしれない。

グロームは、数刻前に顔を合わせた時以上に憔悴《しょうすい》している様子だった。詰め物をした椅子に、ぐったりともたれかかっている。夕焼けの赤い光が窓から差し込んでいるにも関わらず、その痩せた顔から血の気が失《う》せているのが判る。

だが、老人の目には、決然とした光があった。どんな伝言を受け取ったにせよ、彼の気は挫けていない。

「お呼び立てして申し訳ありません」

グロームはまず、シャリースにそう詫《わ》びた。シャリースは立ったままうなずいた。

「聞いたぜ。雇い主からの伝言があったってな」

肘掛《ひじか》けを握るグロームの手が、ぴくりと震えた。

短い沈黙が落ちる。

「……何て言ってきたのか、俺に聞かせるために呼んだんじゃねえのか」

シャリースは促した。グロームの骨ばった手に、ますます力が籠《こ》もる。

「――主人を、迎えに行かねばなりません」

「どこにだ」

単刀直入に、シャリースは尋ねた。しかしまたしても、グロームはそれをかわした。

「私がご案内いたします」

「俺たちには明かせないってことか」

「それはそうだろう。俺たちはごろつきの集団だ。信頼には値しない」

冷ややかな口調で割り込んだのは、ゼーリックだった。シャリースは横目で、年嵩の部下を見やった。そのまま続けろと、ゼーリックが目で合図を寄越す。シャリースはゆっくりとうなずいた。

「そういうことか。金さえ払えば、俺たちは何の疑問も持たず、犬みたいに尻尾を振ってついてくると思ってんのか」

グロームが息を呑んだ。シャリースはちらりと、セダーの方を窺《うかが》ってみた。だが若者は、高圧的な態度を取り始めた傭兵たちに対し、警戒した様子を見せていない。若者の灰色の瞳は、じっと、主人である老人を見つめている。それは、何の関わりも持たぬ傍観者《ぼうかんしゃ》であるかのような眼差《まなざ》しだった。

グロームの視線が、のろのろと自分の膝に落ちた。

「――道は、私が心得ております。ですが、地図に載っているような道ではございません。今ここで説明しても、役には立ちますまい」

「役に立つか立たぬかは、我々の決めることではないかな?」

ゼーリックが幾らか、口調を和らげる。

「せめて、次に食べ物が手に入る場所に出るまで、何日掛かるのかくらいは知っておかねばならないからな」

「ご心配でしたら、持てるだけの物を」

グロームの返答は、どうとでも取れるものだった。ゼーリックが、シャリースに向かって眉を上げてみせる。処置なし、ということらしい。

思わず、シャリースは溜息をついた。

「そうかい。行く先すらも明かしてもらえねえんだったら、せめて、あんたのその、ご主人様の名前くらい、教えてくれてもいいんじゃねえか?」

真っ直ぐに、グロームはシャリースの目を見つめ返してきた。その顎に、力が籠もる。

「……お答えできかねます」

「――あんたも強情だな」

遂にシャリースは匙《さじ》を投げた。

「判った。我々は持てるだけの食料を持って、明日の朝出発する。それでいいな?」

「はい」

グロームの表情が、ようやく微かに緩んだ。必死で隠そうとしてはいたが、彼も心臓が縮み上がるほど緊張し、恐怖を感じていたのだろう。

それ以上老人をいたぶる気にならず、シャリースはゼーリックと共に、彼の部屋を後にした。

扉の脇でセダーと目が合ったが、若者は何も言わなかった。


日暮れ前に集まれという隊長の指示に従って、バンダル・アード＝ケナードの傭兵たちは、既に殆どが、町の広場に顔を揃《そろ》えていた。

大半が満腹した様子だ。串焼きの肉や、パンを食べながら、シャリースを待っている者もいる。バンダル・ルアインの傭兵までもが何人か混じっているのに、シャリースは気付いた。バンダル・アード＝ケナードが来ていると知って、旧交を温めに来たのだろう。それぞれ、顔見知りと談笑している。

そして、傭兵たちの中には、黒髪の医者の姿もあった。

彼がバンダル・アード＝ケナードの傭兵たちに囲まれて過ごしたのは、ほんの僅かな期間ではあったが、彼らは互いを忘れてはいなかった。何人かが医者を囲んで、口々に喋《しゃべ》っている。

隊長の到着に気付いた部下たちが、三々五々、彼の側に集まってきた。濃青色のマントを着けた傭兵と、ヴァルベイドもその中に入っていたが、シャリースは、それを容認した。知られて困るようなことは、そもそも、シャリース自身も知らないのだ。

「明日の朝、出発することになった」

部下たちを見回して、シャリースは告げた。

「夜明けに、ここに集合だ。食料の準備をしておけ。持てるだけ持てとグロームは言ってるが、動けなくなるほど買い込むんじゃねえぞ」

「おまえに言ってんだよ、チェイス」

傭兵の一人がチェイスを小突く。小突かれたチェイスは、大きなパンを抱え込んでいた。たとえ腹が満たされていても、何か食べるものを持っていたいのだろう。そこここから低い笑い声が上がる。

部下たちが静かになるのを待って、シャリースは続けた。

「相変わらず先が見えねえ行軍になる。武器の手入れは今日中にしておけ。今夜は酒を飲みすぎるなよ。二日酔いで動きの鈍い野郎は、バンダル・ルアインのところに置いて行くからな」

「そんなこと、勝手に決めないでもらいたいね」

すかさず、バンダル・ルアインの傭兵から抗議の声が上がった。

「うちのバンダルは、あんたんところよりお上品なんだよ。酔っ払いはいらねえ」

シャリースはそれを鼻で笑い飛ばした。

「上品が聞いて呆れる。鏡見てみろ、その面のどこが上品だってんだよ。そもそも、お上品な奴ってのは、傭兵になんかならねえんだよ」

傭兵たちがげらげら笑い出す。シャリースが解散を告げ、彼らは再び、町の中へと散っていった。

シャリースはしかし、その場に留まった。ヴァルベイドが用ありげに、その場に残っていたからだ。

「……皆、元気そうだな」

二人きりになってから、ヴァルベイドがようやく口を開いた。

「新しく入った連中にも紹介してもらった」

「いなくなる奴もいれば、入って来る奴もいるってことさ」

ヴァルベイドがかつて知っていたであろう傭

兵たちの何人かは、死んでしまった。肉体は土に、魂は故郷に帰っている。ヴァルベイドも当然、それに気付いているだろう。

だがその者たちのことには触れず、彼は、思案げな表情でシャリースを見た。

「あの、雇い主の代理だといっていた老人、何という名前だったかな」

「グロームだ」

そう答えてから、シャリースは眉を上げた。

「……知ってるのか？」

「グロームか……」

口の中でその名を呟いて、ヴァルベイドはしかしかぶりを振った。

「いや——さっきから、どうもどこかで見かけた気がしているんだが、どうしても思い出せない」

シャリースは目を見開いた。目の前に肉の塊をぶら下げられた犬のような気分になる。

「奴の正体を思い出せたら、ファイリーチのブランデーを融通するぜ」

シャリースの言葉に、ヴァルベイドは苦笑した。

「ブランデーは魅力的だが、適当なことを言うと後が怖いからな。ただの勘違いかも知れん」

シャリースは思わず天を仰いだ。どのみち、自分たちは明朝ここを発つが、謎の雇い主について、彼らは未だに何も知らぬままだ。他人に言われるまでもなく、これは、由々《ゆゆ》しき事態である。

「……本当に、どこへ向かうか知らないままに出発するのか？」

ヴァルベイドの声には、気遣《きづか》いが滲《にじ》んでいた。

シャリースは溜息をついた。

「雇い主の素性《すじょう》と、行き先と、その目的が判ったら、それだけで、今回の仕事は九割方終わるんじゃないかって気がしてきたよ」

3

今にも雨が降りそうな天気の中を、バンダル・アード＝ケナードの一行は、老人に導かれるまま進んでいった。

石ころだらけの荒野には、人の住む家どころか、生き物の気配すらない。次第に迫り来る山並みだけが唯一の目印だったが、シャリースにも、彼の部下たちにも、それで自分のいる場所を推し量《お はか》ることは出来なかった。バンダルの誰にとっても、ここは初めて足を踏み入れる場所だったのだ。

「地図はもう役に立たない」

広げていた地図を畳みながら、ゼーリックが、横を歩くシャリースに宣言した。

二人は列の殿《しんがり》にいた。先頭を行くグロームとはなるべく距離を取って、彼らはグロームが知れば、決して喜ばないであろうことに没頭している。出発したときから、自分たちの現在地を、地図上で確認しようと努力してきたのだ。だが、その努力は、全く報われていない。

「そりゃまあ、自分がどこにいるのかすら判らねえからなあ」

シャリースは自棄《やけ》気味に笑った。地図とは普通、人間の通る道を主に描き入れてあるものだ。だが彼らは、道なき道を進み続けている。グロームの先導に迷いはなかったが、ついて行くほうは、暗闇を手探りで進んでいるような気分だ。太陽が雲に隠れて見えないために、自分がどちらの方角を向いているのかすらも判らない。

グロームは何故、こんな場所に詳しいのだろうかと、シャリースは戸惑いを禁じ得なかった。それは、部下たちも同じだ。こんな誰も通らぬ経路を辿《たど》って、一体どこに連れて行かれるのかと、皆、表情に不安を滲《にじ》ませている。唯一の慰《なぐさ》めは、周囲に何もないが故に、不意打ちを食らう心配がないという点だけだ。

グロームの乗馬の隣を、セダーが黙々と歩いている。

彼らは町で、荷を運んでいた牝馬《ひんば》を手離していた。その事実がまた、傭兵《ようへい》たちの心に疑惑を植えつけている。面倒を見るべき馬が減れば、セダーの仕事の比重は、その剣に掛かってくるのではないかと、彼らはそれを考えずにはいられないのだ。この先に危険が待ち構えているからこそ、グロームは馬を売り、セダーが護衛としての任を果たしやすいようにしたのではないかと。

シャリースは、厚く垂《た》れ込めた灰色の雲を見上げた。

「正直なところ、すぐにもケツまくって逃げたい気分だが、それで悪い評判でも立って、仕事がなくなると困る。せっせと引退資金を稼《かせ》がなきゃならねえ誰かさんもいるしな」

そして、隣の男へと目を向ける。

「ところで、あんたはいつ引退するんだ？」

「もうすぐだ」

前を向いたまま、ゼーリックが平然と答える。これまでに何度も繰り返されてきたやり取りだが、ゼーリックは、返事を変える気がないらしい。シャリースは苦笑した。

「引退したら、どこに腰据《す》えるんだ？　セリンフィルドに帰るのか？」

シャリースと同じく、ゼーリックもセリンフィルドの出身だった。長い年月足を踏み入れていなかったとしても、そこが故郷であることに変わりはない。

この問いに、ゼーリックは、思案げに眉《まゆ》を寄せた。

「それも、一つの選択肢ではあるな。家を買って、湖で釣りでもしながらのんびり暮らすか」

シャリースは意外の念に打たれて、ゼーリックを見やった。

彼は、傭兵であるゼーリックの姿しか知らない。バンダル・アード゠ケナードの誰にとっても同じだろう。故郷での生活が苦しくて傭兵になったのだ、という話は耳にしたことがあったが、シャリースの知る限り、それ以上のことが、本人の口から語られたことはない。彼が剣を捨て、釣竿《つりざお》を手にのんびりと過ごしている姿など、容易に思い浮かぶものではない。

「……想像できねえがな」

思わず、シャリースはそう呟《つぶや》いた。ゼーリックは唇《くちびる》の端で笑った。

「――俺もだ」


道は次第に険しくなり、二日後には、彼らは山道に分け入っていた。

シャリースはそれが気に入らなかった。勾配《こうばい》はさほどきつくはないが、見通しが利かない。斥候《せっこう》は出しているが、それでは到底、十分とは言えない。いつどこから敵が飛び出してくるのか、彼らには全く予測できないのだ。

普段から人の行き来があるらしく、山道は踏み固められ、少なくとも崩れる心配はなかった。人間はもちろん、グロームの馬も、楽に通ることが出来る。だが彼らは誰とも行き会わぬまま、山を一つ越え、次の山に差し掛かった。

木々のまばらな緩い斜面で、親子らしい二人に出会ったのはその時だ。

母親が、幼い娘を連れて、木の実を拾いに来ていたらしい。母親は大きな籠《かご》を腕に掛け、もう一方の手で、娘の手を引いていた。賑《にぎ》やかにお喋《しゃべ》りしている少女を見下ろして、母親は優しく笑っている。

だが、突然姿を現した黒衣の男たちに、親子は立ち竦《すく》んだ。

恐怖に引き攣《つ》る彼女たちの顔を見て、傭兵たちは足を止めた。気まずい思いで、互いに顔を見合わせる。たとえこちらに害意が無くとも、無防備な女が傭兵の集団に出くわせば、怖がるのも当然だ。誤解を解きたいが、下手に近付くと逆効果だろう。

しかしバンダル・アード＝ケナードには、こういうときに頼りになる男がいる。

仲間たちの手に押し出されるようにして、アランデイルが一歩、彼女たちに近付いた。金色の巻き毛に青い目の、バンダルでは一番の美男子である。傭兵よりも、金持ちの未亡人の愛人か何かになればいいのにと、常日頃から言われているが、本人には、一人の女に縛《しば》られる気など毛頭ないらしい。それでも、女の扱いに関して、彼の右に出る者がいないというのは、間違いのない事実だ。彼自身も、それを自覚している。

「驚かせてしまって申し訳ありません、奥さん」

とっておきの猫撫《な》で声で、彼は女に話しかけた。

「我々はただここを通りかかっただけで、あなた方に危害を加える気は……」

ついでに、ここがどこだか訊《き》けと、シャリースは部下に後ろから、こっそり命じようとした。グロームは腹を立てるかもしれないが、そんなことを気にしている場合ではない。

しかしシャリースが口を開く前に、女が小さな娘の手を強く引いた。

「早く！　逃げるのよ！」

その瞬間凍りついたのは、今度は傭兵たちのほうだった。中には、女の言葉が理解出来なかった者もいる。だが、その意味は明らかだ。

彼女が発したのは、ガルヴォ語だったのだ。


母と娘は、一散に逃げていく。追いついて捕えることは簡単だったが、シャリースはその代わり、馬上の老人を振り返った。

「これは、どういうことだ」

唸《うな》るように言いながら、グロームに詰め寄る。

「ここはガルヴォなのか？　あんた、俺たちを、敵国に連れ込んだのか？」

「――国境を越えちまったってことか」

乱暴に髪を掻《か》き上げながら、ダルウィンが半ば呆然と呟いた。うろたえた顔で、チェイスが周囲を見回す。

「え？　ここが――ガルヴォ？」

傭兵たちの視線が、馬上の老人に集中する。誰もが憤《いきどお》りと恐怖をその顔に貼り付けている。もしここがガルヴォの領内ならば、エンレイズ軍の傭兵である彼らは、いつ襲撃され、殺されても、不思議ではないのだ。

青ざめた顔で、グロームは傭兵隊長を見返した。だが、その顔に驚きの色は無い。

この老人は、自分たちがモウダーとガルヴォの国境を越えたことを承知していたのだと、シャリースはその瞬間悟った。最初から、彼らをガルヴォに連れてくる心積もりだったのだ。もはや疑う余地はない。

どういうことだとシャリースが問い質そうとした瞬間、前方から、木々の枝がこすれるような音が聞こえた。

傭兵たちはぎくりと身体を強張《こわば》らせた。音は次第に大きくなってくる。何者かがこちらへ近付いてくるのだ。傭兵たちは、音の聞こえる辺りに目を凝《こ》らした。反射的に、剣の柄《つか》へ手をやった者も少なくない。

彼らの中ほどで、エルディルが低い唸り声を上げた。空気が痛いほどに張り詰める。

だが、木々の間を転がるように駆け抜けてきたのは、三人の黒衣の傭兵だった。斥候に出ていた彼らの仲間だ。

緊張が少しだけ解けた。

しかしエルディルは、戻ってきた斥候たちの、その背後を見据え、動かない。

先頭を走ってきたのは、中背でずんぐりした身体つきの、黒い髭《ひげ》を生やした男だった。藪《やぶ》の中を無理矢理突き抜けてきたらしく、軍服は枯葉まみれで、あちこちに綻《ほころ》びが出来ている。

「ガルヴォ軍だ！」

荒い息を吐《つ》きながら、押し殺した声で、彼は、シャリースに報告した。シャリースは片眉を上げた。

「何？」

「正規軍の奴らが、群れてやがる」

誰かが息を呑む音が聞こえた。シャリースは真っ直ぐに、相手を見据えた。

「――見間違いじゃないだろうな」

確認しながらも、しかし彼は、間違いなどあろうはずのないことを知っていた。タッドは確かに、バンダル・アード゠ケナードでは新顔の一人だが、傭兵としては経験豊富だ。ガルヴァ軍の兵士とは、数え切れぬほど刃を交わしてきた。

黒い髭の男は、苛ついた眼差《まなざ》しをシャリースへ向けた。

「おい、俺だってこの商売長いんだぜ。奴らのいやったらしい臙脂《えんじ》の軍服くらい見分けはつく。奴らがこっちに真っ直ぐ向かってるってことと、同じくらい確かだ」

何かの冗談だという微《かす》かな希望を、シャリースはその瞬間捨て去った。

「人数はどれくらいだ」

早口に尋ねる。タッドは眉を寄せた。

「俺たちよりは多いな、七、八十人くらいだろう」

「だが、装備は剣だけだ」

一緒に斥候に出ていた男が付け加える。

エルディルが静かに牙を剝《む》き出す。敵が近付いてきたのだろう。シャリースはちらりとグロームへ目を向け、老人がまだそこにおり、逃げ出そうとしていないことを確認した。馬の轡《くつわ》を、セダーが摑《つか》んでいる。

「彼を守れるか?」

シャリースの問いに、セダーは落ち着かなげに唇を舐《な》めた。ガルヴァ軍接近の報は、この若者をも動揺《どうよう》させている。

「……やるしかないようだな」

しかし幸い、セダーは臆病者《おくびょうもの》ではなかった。

シャリースはうなずいた。敵の人数が自分たちを上回っているとき、グロームを守るためだけに人手を割く余裕はない。セダーがグロームの護衛として雇われているのならば、その仕事を果たしてもらわなければならない。

シャリースは大急ぎで、部下たちを二手に分けた。一つを、ゼーリックの手に委ねる。

「あんたは敵の背後に回ってくれ」

年嵩《としかさ》の傭兵に、シャリースは指示した。

「俺たちは正面から迎え撃つ。時機は任せる。奴らの不意を突いてくれ。うまくいけば、最低限の損害で済むだろう」

ゼーリックは黙ってうなずいた。シャリースが別働隊を作るとき、彼は大抵、その指揮官を務めている。彼ならば、最良の時を選んで攻撃を仕掛けられるはずだ。

シャリースはタッドへ目をやった。

「タッド、今おまえが通ってきた道を案内してやってくれ。静かに頼むぜ」

「判った――もっとも、あれは道じゃなかったがな」

タッドが慌《あわただ》しく背後を振り返る。

時間がない。これ以上の策を練《ね》るのは無理だ。だがシャリースには、部下たちに、是が非でも伝えておかねばならないことがあった。

「いいか」

自分の指示を待っている部下たちの顔を、シャリースは見渡した。

「一人たりとも、生かして帰すんじゃねえぞ。判ってるだろうな？」

一言一言に力を込める。傭兵たちはうなずいた。彼らの居場所を敵の本隊に知られれば、生きてこの国からは出られない。生き延びるためには、全ての口を塞《ふさ》がなければならないのだ。

エルディルの耳は真っ直ぐに前方へ向けられていた。その全身に緊張が漲《みなぎ》っている。人間の感覚では察知出来ないが、敵が近いのだ。

「行け」

シャリースの低い号令に、ゼーリックに率いられたバンダルの半分が動き出した。足音を殺して、木々の間へ滑り込む。残った部下たちを、シャリースは横に散開させた。人数はこちらの方が圧倒的に不利で、しかも、逃げ隠れする場所はない。ゼーリックが奇襲を仕掛けるその時まで、彼らは、剣と己の腕だけで、自分たちの身を守らなければならない。

「ライル」

シャリースは前を睨《にら》み据えたまま、新入りの若者を呼んだ。強張った顔つきで、ライルが彼の横にやってくる。

「はい」

「おまえは、マドゥ＝アリの後ろにいろ。もし余裕があったら、あいつがどんなふうに敵を殺すか、見ておけ」

「――はい」

ライルの返事が一瞬遅れたのは、それが決して、安全な場所だというわけではないことに気付いたからだ。

マドゥ＝アリは、皆より一歩前に出ていた。敵が襲い掛かってきたとき、真っ先に迎え撃つ位置だ。シャリースの言葉は聞こえていたはずだが、彼は振り返りもしなかった。剣の柄に軽く触れたまま、彼はじっと、敵のいる方向を見つめている。

その傍《かたわ》らに立つ白い狼《おおかみ》は、ゆっくりと左右に尾を振りながら、獲物を待ち構えていた。金色の両目が、爛々《らんらん》と輝いている。

敵軍の雄叫《おたけ》びが聞こえたのは、その時だった。

傭兵たちは剣を抜き放った。木々の向こうから、臙脂色の軍服に身を包んだガルヴォ軍の兵士たちがその姿を現した。抜き身の剣を構えて、傭兵たちの方へ向かってくる。傭兵たちにとって幸いなことに、あまり統制の取れた動きではない。だが相手には勢いがあった。傭兵たちの人数の少なさに、勇気が湧き上がったらしい。

皆殺しにしろ、と、ガルヴァ語の命令が下される。つい先刻、同じ命令を下したシャリースは、思わず片頰《かたほお》で笑っていた。可笑《おか》しかったわけではない。皮肉に思っただけだ。

ガルヴァ兵の血を最初に流したのは、エルディルの鋭い牙だった。

身を低くして機会を窺《うかが》っていたエルディルが、不用意に突っ込んできたガルヴァ兵に襲い掛かったのだ。地面に押し倒された兵士は、声を上げる間もなく、喉《のど》を嚙《か》み裂かれて絶命した。

駆け寄ろうとした仲間のガルヴァ兵の身体は、次の瞬間ぐらりと傾いた。どっと地面に倒れたその首筋から、夥《おびただ》しい量の血が噴き上がる。マドゥ＝アリにとって、敵の頸動脈《けいどうみゃく》を一瞬で掻き切ることなど造作もない。敵の血が流された途端、美しい緑の瞳に、微かな狂気の光が宿る。二人目のガルヴァ兵も、悲鳴を上げながら倒された。こちらは左目を貫かれている。

自分の剣を握り締めたまま、ライルは死に掛けた男の、血塗《ちまみ》れの顔を見下ろした。大きく息を吸い込む。そして、彼は頭を上げ、マドゥ＝アリの後に続いて、敵の只中へと飛び込んだ。

マドゥ＝アリと白い狼が次の犠牲者を手に掛けようとする頃には、他の傭兵たちも、それぞれの敵と相対していた。

奇声を上げながら突っ込んできたガルヴァ兵の頭を、シャリースは、剣の柄で思い切り殴りつけた。骨の砕ける感触が手に伝わる。勢いのまま横に払った剣は、別の敵の顔を薙《な》いだ。顔を押さえてよろめいた男の腹に、ダルウィンの剣が突き立てられる。

目の隅で、シャリースはグロームの姿を捜した。彼が無事か――あるいは逃亡していないかどうかを確かめたかったが、しかしその時、顔面目掛けて、剣の切っ先が突き出された。それを弾《はじ》き返し、相手の心臓に剣を突き刺す。すぐに別の敵が、彼の視界に立ち塞がる。

鋼《はがね》が打ち合わされる鋭い音と、悲鳴、そして断末魔の呻《うめ》き声が、その場を支配していた。シャリースは、目の前の敵にだけ集中しようと努めた。血でぬるつく剣が、次第に重く感じられてくる。横に立つダルウィンの肩が、激しい呼吸に上下している。

敵の後方から、黒衣の集団が現れたのはその時だ。

「遅《おせ》えぞ、ゼーリックの野郎」

毒づいたダルウィンの口調に笑いが混じるのを耳にして、シャリースも唇の端で笑った。向かい合っていたガルヴァ兵が、ぎょっとしたような顔になる。返り血を浴びた傭兵の笑みは、この上なく禍々《まがまが》しいものに見えたのだろう。

ゼーリックの一隊は、敵を威圧するような雄叫びなどは一切上げなかった。静かに散開して敵の退路を断ち、背後から襲い掛かる。正々堂々などという言葉は、傭兵たちにとっては何の価値もない。

罠《わな》だ、と、ガルヴァ語の警告が発せられたが、その時には、ガルヴァ兵たちの命運は決まっていた。

敵の心臓に剣の切っ先を叩き込み、シャリースは素早く戦場を見渡した。グロームの姿は見えない。その代わり、セダーがガルヴァ兵と渡り合っているのが目に入った。剣の腕を売って生きてきたと、セダーは以前に言っていた。その言葉に嘘《うそ》はなかったと、シャリースは悟った。セダーは既に血に塗れていたが、その大半は返り血のようだ。動きはしなやかで、無駄がない。突き出された敵の剣を最小限の力で受け流し、反撃する技術を持っている。彼さえその気になれば、傭兵としても十分に通用するだろう。

　だが、今は他人の戦いを見物している場合ではなかった。

　シャリースは、這《は》いずって逃れようとしているガルヴァ人に止《とど》めを刺し、別の一人を押し退《の》けた。よろめいたそのガルヴァ兵は、待ち構えていた傭兵に、背中から刺されて死んだ。

「――マドゥ＝アリ！」

　山の中へ走り込もうとしている臙脂色の軍服を見つけて、シャリースは叫んだ。

「そいつを逃がすな！」

　その命令は、正確には、マドゥ＝アリの側《そば》にいた白い狼に向かって発せられたものだった。血刀を提《さ》げたマドゥ＝アリが、シャリースの指した方を振り返る。彼が何かを命じるや、エルディルは、矢のように飛び出していった。死体の山を軽々と踏み越え、逃げ出そうとしていた男の背中に襲い掛かる。

　短い悲鳴が、ガルヴァ兵の喉を破った。しかしそれはすぐに途切れ、そして、戦場に静寂が訪れる。

　立っているのは、黒衣の傭兵ばかりだった。皆、血に染まった剣を手に、荒い息をついている。

　剣を杖《つえ》代わりに身体を支えながら、シャリースは、部下たちの顔を見渡した。

「……死んだ野郎はいないだろうな？」

　隊長の問いに、傭兵たちが自分の周囲を確認する。怪我人《けがにん》が何人か、仲間の手で助け起こされたが、死者の名を報告する者はいなかった。最後の一人を仕留めたエルディルが、血に濡《ぬ》れた鼻面を舐めながら、母親だと信じている青年の元へいそいそと戻っていく。マドゥ＝アリの後ろからは、最も腕の未熟なライルも顔を覗《のぞ》かせた。見たところ、大した怪我もしていないらしい。

ひとまずほっとしたその時、シャリースは背後から呼ばれた。

「シャリース」

緊迫した声は、メイスレイのものだった。シャリースはそちらを振り返った。地面の上に屈み込んでいたメイスレイが、のろのろと立ち上がる。滅多に動揺することのない熟練の傭兵は、青ざめた顔で、若い隊長を見やった。

「……まずいことになったようだ」

傭兵たちが無言で場所を空け、シャリースは、ガルヴォ兵たちの死体を跨《また》ぎ越えて、そちらに向かった。メイスレイが指しているものを認め、立ち尽くす。

地面の上に、ねじくれた死体が転がっていた。脇腹を一突きされたらしく、深い傷口から大量の血が流れ出し、着衣と地面に染み込んでいる。目を閉じたその死顔は、まるで眠っているかのようだった。

しばしの間、シャリースは黙って、グロームの死体を見下ろしていた。

「……何てこった」

そして、溜息《ためいき》と共に呟く。それ以外、言うべき言葉も見付からなかった。現在彼らがいる位置も、これから進むべき道も、金を出した人物の名も、知っていたのはこの老人だけだったのだ。彼らは雇い主を失い、受け取れるはずだった金をふいにし、帰り道も定かでないまま、敵地に放り出されたのである。

シャリースは周囲を見回した。

「セダーはどうした？」

「こっちだ」

答えたのはノールだった。その大きな身体の陰に、セダーはいた。額《ひたい》に傷を負い、流れた血が片目を塞いでいる。ノールにがっちりと片腕を支えられていたが、その眼差しは虚《うつ》ろだった。ノールの助けがなければ、立っていられない様子だ。しかし、自分の剣をしっかりと握っている様子を見るに、頭の怪我は、命に関わるものではないようだ。

ノールに寄り掛かりながら、セダーは開いている片目で、老人の死体を凝視していた。茫然自失《ぼうぜんじしつ》という表情である。彼は、自分の仕事を果たせなかったのだ。だがあの状況を考えれば、彼を責めるのは酷というものだろう。

シャリースは辺りを見回した。グロームは馬に乗っていたはずだ。しかし、その姿は見当たらなかった。乗り手を失って、混乱の中逃げ出してしまったらしい。

別働隊を率いていたゼーリックが、いつの間にか、シャリースの横に立っていた。

「シャリース、血が出てるぞ」

言われてようやく、シャリースは、左腕に鈍い痛みを覚えた。肘《ひじ》の少し上だ。見ると、裂けた袖から、赤い傷口が覗いている。

大した傷ではなかったが、その痛みに、シャリースは我に返った。次に為《な》すべきことに、ようやく考えが回る。

疲れ切り、ぼろぼろになった部下たちを、彼は見渡した。

「とっととここから逃げるぞ。隠れられる場所を探す。今こいつらの仲間に見付かったら、俺たちは皆殺しだ」

部下たちは、固い表情でうなずいた。

彼らは道を外れて谷へ降り、木々に囲まれた窪《くぼ》地《ち》を見つけた。

複雑に絡《から》み合った木の枝で、空すらも見えない。視界は利かなかったが、敵からも見付かりにくいはずだ。降り積もった枯葉は柔らかく湿り、彼らの足音を消してくれている。

ささやかに流れる小川の横で、彼らは黒い軍服を脱ぎ、平服に着替えた。ガルヴォ人になりきることは出来ないが、少なくともこれで、問答無用で攻撃される心配はなくなる。

「グロームは最初から、こうなることを予測していたんだろうか」

軍服を几帳面《きちょうめん》に小さく畳みながら、メイスレイがひとりごちた。その隣で、タッドが鼻に皺《しわ》を寄せる。

「俺たちをガルヴォ国内に引き入れて、殺そうとしたってことか？」

メイスレイはうなずいた。

「エンレイズの傭兵が、軍服のままガルヴォに入れば、命の保証はない。だが彼は、それについては何も言わなかった。最初から、俺たちが死ぬことを望んでいたのかもしれない」

「……ガルヴォ人からは、これまでにも色々と、恨みを買っているからな」

ゼーリックが冷静に論評する。

「その中の誰かが、グロームを雇って、我々をここまでおびき寄せたか」

既に着替えを終えた彼は、シャリースの傷の手当てをしていた。傷を負った左腕に、包帯をきつく巻きつける。

上半身裸のまま地面に胡坐《あぐら》を掻き、シャリースは顔をしかめた。

「だが、グロームは殺されちまったぜ。もし奴が、さっきのガルヴァ軍とぐるだったのなら、奴だけは助けてもらえるはずじゃないか？」

メイスレイが思案げに顎《あご》を撫でる。

「何か手違いがあって、ガルヴァ兵どもが、グロームの顔を知らされていなかったのかもしれん」

包帯を結びながら、ゼーリックがうなずいた。

「あるいは、グロームの主人とやらが、彼を捨て駒にしたのかもしれないな——よし、もう服を着てもいいぞ」

ようやく解放されて、シャリースはシャツを羽織《はお》った。

「俺たちは全員、グロームとは初対面だが、グロームの雇い主は、俺たちを知っていたのかもな。皆殺しにしたいほど俺たちを憎んでいる誰かが、グロームを雇って、俺たちをここまでおびき寄せたってのは、ありそうな話だ。グロームが最初からそれを知らされていなかったのか、知っていたのに逃げ遅れちまったのかは判らねえが」

彼は新しく水筒に汲《く》んだ、冷たい水を飲み下した。大きく息を吸い込み、そして吐き出す。身体のほてりが冷めるにつれ、頭も少しずつ冴《さ》え始めるのが判る。

狭い窪地で、傭兵たちは血や泥を洗い流し、互いに傷の手当てをしている。ノールが慎重な手付きで、セダーの頭に包帯を巻いているのを、シャリースは認めた。セダーはされるがまま、力なく地面に座り込んでいる。まだ、衝撃から立ち直っていないようだ。

「ノール」

声を掛けると、バンダル一の巨漢は手を止めて振り返った。シャリースはそちらへうなずきかけた。

「それが済んだら、セダーを連れてきてくれ——それから、ライル」

雑嚢《ざつのう》に軍服を詰め込んでいたライルが顔を上げる。手招きすると、彼はすぐにやってきた。

「怪我はないな？」

　シャリースの問いに、若者は顎を引いた。

「はい」

　その視線が、ちらりとマドゥ＝アリのほうへ流れる。真っ先に敵の中へ躍り込んで行ったにもかかわらず、マドゥ＝アリは傷一つ負っていないようだった。優しい手付きでエルディルの毛皮を探っていたが、その寛《くつろ》いだ様子から察するに、エルディルにも、大した怪我はないらしい。その上彼らは、新入りの身をも守ったのだ。シャリースがライルを自分の後ろにつけた時点で、マドゥ＝アリは、ライルを守るのも自分の役目だと解釈《かいしゃく》したに違いない。

　シャリースは部下たちの様子を眺め、すぐ動けそうな者を五人選んだ。

「おまえらは、これからさっきの場所に戻って、死体漁《あさ》りをしてこい。ガルヴァ軍の奴らに見付かったら、モウダーから流れてきた難民の振りをするんだ。ライル、その場合には、喋るのはおまえだ。この中で、本物のモウダー人は、おまえだけだからな。嘘を吐くにしても、一番出来のいい嘘を吐けるだろう」

　真面目な面持ちで、ライルがうなずく。シャリースは、目の前に並ぶ六人を見渡した。

「いいか、まずは、グロームの身体を念入りに探せ」

　噛んで含めるように、彼は命じた。

「手紙でも書付《かきつけ》でも、奴が持っているもの全てを取って来るんだ。馬が見付かればなおいいが、そっちは、いなけりゃいないでいい。下手に探しに出て、人目を引くのは避けたいからな。それから、ガルヴァの奴らの持ち物も調べろ。この襲撃が誰かに仕組まれたものだったとしたら、その証拠が欲しい。命令書の類《たぐい》を見逃すな」

「ついでに、金目の物を頂いても、構わんだろうな？」

一人が熱心に確認する。死んだ敵兵からの掠《りゃく》奪品《だつひん》は、傭兵にとっては貴重な収入源の一つだ。

シャリースはにやりと笑った。

「ああ、目的さえ忘れなけりゃ、何でも好きに取ってくればいい。だが、この仕事で集めたものは、全て俺に渡せ。おまえらだけにうまい汁を吸わせるのは、不公平ってもんだからな。帰ってきたら、念入りに身体検査してやるから、そのつもりでいろよ。金目の物は、全員で分配だ」

相手はわざとらしい舌打ちをしたが、文句は言わなかった。そもそも最初から、掠奪品を独り占めできるなどと、都合のいいことを考えたわけでもないだろう。


六人の男たちは、足音を忍ばせながら、自分たちの仕事を果たしに行った。入れ違いに、セダーが、シャリースの前にやってくる。シャリースは身振りで、彼を正面に座らせた。

頭に包帯を巻きつけたセダーは、まだ、少しばかり虚ろな表情をしていた。だが、少なくとも真っ直ぐに、シャリースを見ている。今は、意識もはっきりしているようだ。

「グロームのことは、悪かったな」

雇われた以上、仕事が終わるまで、傭兵たちにはあの老人を守る義務があった。グロームが個人的な護衛を雇っていようと、その事実に変わりはない。

のろのろと、セダーは肩をすくめた。

「……彼に雇われてはいたが、別に親しかったわけじゃない」

淡々とした口調だった。だから、謝る必要はないと言いたいらしい。シャリースは自分の膝《ひざ》に頬杖をついた。

「どれくらいの間、奴のところで働いてた？」

セダーが微かに眉を寄せる。

「……まだ、一月くらいだ」

「グロームの主人とやらについて、何か知っていることがあったら、教えてくれないか？」

グロームは死んだ。もう、セダーが義理堅く沈黙を守る必要もないはずだ。

だが、彼の返事は、シャリースの望んだものではなかった。

「それについては殆《ほとん》ど知らない。俺は会ったこともないしな。グロームは、俺には何も話そうとしなかった。隠し事の多い男だった」

「じゃあ、彼を雇っている人間の、名前も知らないのか？　何をしているのかさえ？」

セダーは黙ってかぶりを振った。シャリースは思わず自棄気味に髪を掻き上げたが、知らないからといって、セダーを責める筋合いもない。

「判った——ところでおまえは、グロームと一緒に、この辺りに来たことはあるか？」

「いいや、初めてだ」

答えて、セダーは改めて周囲を見回した。

「……本当に、ここはガルヴォなのか……」

「状況からすると、そう考えるのが妥当なようだ」

シャリースは苦々しく唇の端を上げた。そして、身を乗り出す。

「グロームは死んじまったが、おまえはこれからどうする？」

若者は一瞬黙り込んだ。

「……故郷に戻る」

やがて、ぽつりと言う。

「殺し合いにはもう飽き飽きした。故郷に戻って、先のことはそれから考えたい」

「そうか」

シャリースはうなずいた。

「ところで、ガルヴォ語は喋れるか？」

虚を衝《つ》かれたような顔で、セダーはシャリースを見やった。そして、その意味を悟ったか、唇を嚙む。

「……いいや」

ガルヴォ語が判らなければ、すぐに外国人だと知られてしまう。そんな状態で敵国をうろつくなど、殺してくれと言ってるようなものだ。

シャリースは手を伸ばして、若者の肩を叩いた。

「とりあえず、俺たちと一緒にいるといい。一人で迷子になっているよりはましだろう」

固い表情で、セダーは顎を引いた。たとえ腕の立つ傭兵たちと一緒にいたところで、生きてガルヴォから出られるとは限らなかったが、それについては、そこにいた誰も、口にはしなかった。


小雨の降る中、ヴァルベイドは、宿舎兼診療所として借りている古い家に戻ってきた。

彼の後ろから家に入ったのは、バンダル・ルアインの若い傭兵の一人である。ヴァルベイドが買い求めた薬草や、塗り薬を作るための脂《あぶら》の包みを両腕に抱えている。

「悪いな、助かるよ」

雨が吹き込まぬよう、ヴァルベイドは素早く扉を閉めた。黒衣の若者が、被っていたマントのフードを背中へ押しやって、にっこりと笑う。

「隊長からは、先生のすることを観察して、覚えられるだけのことを覚えてこいと言われてます。つまり、俺たちが怪我をしたり、病気になったりしたとき、あんたに高い治療費を払わずに済むようにね」

だから恩に着る必要はないと若者は主張するが、彼やその仲間が、ヴァルベイドにとって大きな助けになっているのは事実だ。

ヴァルベイドがこの町に滞在しているのは、国王直々の命を受けてのことである。

仕事は順調だった。軍医として町に入った彼は、兵士だけでなく、町の住民の治療にも積極的に携《たずさ》わった。そして少しずつ、彼らの信頼を得ていったのである。

エンレイズの医療は、周辺諸国よりも進んでいる。彼はその知識を、この町で惜しみなく発揮した。何より町の住民を喜ばせたのは、彼の請求する治療費が安価だったことだ。これは、彼が国王の肝煎《きもい》りで、軍から薬や物資を手に入れられたからこそ実現したことである。

事情が変わったのは、一月ほど前のことだ。

ヴァルベイドに薬品を届けるよう命じられていた兵站部《へいたんぶ》の司令官が、突然死んだのである。急病か、事故だったのだろうとヴァルベイドは推測した。仕事柄、その司令官は、戦場からは離れた場所にいたはずだったのだ。

ヴァルベイドにとっては、マラスというその名前以外、顔も知らぬ相手だ。哀惜《あいせき》の念も湧かなかったが、これによって、困った事態が発生した。マラスの死はあまりにも急で、引継ぎが滞《とどこお》り、結果として、ヴァルベイドの元に物資が届かなくなったのである。

それでも、病人や怪我人は、日々、ヴァルベイドを訪ねてくる。手元にあった薬は見る見るうちに減っていく。そして彼は、軍を当てにせず、自力で薬を調達することを決意した。診療所を閉鎖するという選択肢は無かった。任務を果たすためには、この町に医者として滞在することが、どうしても必要だったのだ。

幸い、町に出入りする商人たちが、彼の注文を聞いてくれた。商店を回ったり、薬草を探しに行くときには、彼の窮状《きゅうじょう》を知ったバンダル・ルアインの傭兵が、交代で彼に付き合ってくれている。どうせ暇だからと、隊長であるテレスは言い、その部下は、ヴァルベイドの技術を盗むつもりだと公言している。

だが傭兵たちの真意が何であれ、ヴァルベイドにとってはありがたかった。恐らく一人では、そう長い期間は持ちこたえられなかっただろう。荷物の運搬や、草原や森での植物採集などの手伝いはもちろん、商人との値段交渉にも、彼らは重要な役割を果たしている。黒衣の傭兵がその場にいるのといないのとでは、商人たちの態度は明らかに違うのだ。

防水布で包まれた荷物を、若い傭兵が、中身が濡れないようにそっと解《ほど》いた。慎重な手付きで、テーブルの上に並べていく。薬草の名前や効能を、ヴァルベイドは簡単に説明してやった。今まで弟子を取ったことはなかったが、真面目に聞いてくれる者がいるというのは、それなりに心楽しくもあった。

一人の男が彼の元を訪ねてきたのは、彼らが、買ってきた物を仕分けし、片付け終えた時分であった。

扉が開いた瞬間、若い傭兵は反射的に剣を摑んだ。この町で突然何者かに襲われる可能性は殆どないが、それが習い性になっているのだろう。雨はいつの間にか止んでいた。扉のゆっくりとした動きに合わせ、薄い日の光が、室内に差し込んでくる。

陽光を背に立つ男は、室内に黒い影を落とした。男そのものも、影のように黒かった。自分の目が光に慣れていないせいかとヴァルベイドは思ったが、すぐに、それが勘違いであることが判った。男は、黒い軍服に身を固めた、エンレイズの傭兵だったのだ。

相手は中背で、四十代初めの、がっちりとした体格の男だった。灰色のまばらな無精《ぶしょう》髭が四角い顎を覆《おお》い、黒い瞳には、老練な兵士らしい、鋭い光が宿っている。薄汚れた褐色《かっしょく》のマントが、その逞《たくま》しい肩から下がっていた。

「ヴァルベイドという医者が、ここにいると聞いたんだが」

低く響く声で尋ねる。ヴァルベイドは、一歩そちらへ近付いた。

「私だ」

傭兵は顎を引いた。

「バンダル・ドーレンのラブラムだ」

「バンダル・ドーレンの隊長ですよ」

見知った顔だったらしい。バンダル・ルアインの傭兵が、後ろからヴァルベイドに説明する。ラブラムは同業の若者へちらりと目を向けたが、すぐに、ヴァルベイドへ視線を戻した。片手で外を指し示す。

「今町に着いたばかりなんだが、病人がいる。診《み》てもらえるか？」

「判った」

薬や医療器具の入った鞄《かばん》を、ヴァルベイドは掴んだ。それから、バンダル・ルアインの若者に目を向ける。

「君は、今日はもう戻ったほうがいい」

若者は訝《いぶか》しげに眉を上げた。

「手伝いに行きますよ」

熱心な申し出に、ヴァルベイドはかぶりを振った。

「いや、やめておいた方がいい。伝染《うつ》る病かもしれないからな。もし君まで病気にしたら、テレスに文句を言われるのは私だ」

他所《よそ》から来た病人を診るとき、一番恐ろしいのがそれだ。若者は納得して引き下がった。やって来たのが素性《すじょう》の怪しいよそ者ではなく、同じ傭兵仲間であるということも、彼を安心させたのだろう。

バンダル・ドーレンは、町の東側を走る道端にたむろしていた。

総勢六十人ほどだろうか。それぞれに寛いでいる様子だったが、火を起こしたり、毛布を広げたりしている者はいない。つまり、ここに長居するつもりはないということらしい。

「——バンダル・アード＝ケナードのジア・シャリースと親しいそうだな」

医者を案内していたラブラムが、唐突に口を切った。ヴァルベイドは驚いて、横を行く男に顔を向けた。

「シャリースと知り合いなのか」

ラブラムは素っ気なく肩をすくめた。

「同業者だ。お互い、顔と名前くらいは知っている」

鋭い眼差しが、ヴァルベイドへ向けられる。

「二、三日前、奴がここに来たそうだな。あんたと一緒にいたとか」

一瞬躊躇《ためら》ったが、ヴァルベイドはうなずいた。不穏なものを感じはしたが、嘘を吐いたところでどうしようもない。

「ああ、だが彼は仕事中だとかで、さっさと町から出て行ってしまった」

「どこに向かったのか、聞いていないか？」

「いや」

それについては、答えを誤魔化す必要はなかった。シャリースは、自分たちがどこに連れて行かれるのか聞かされていないと言っていた。ヴァルベイドとしても、それ以上知りようがなかったのだ。

「シャリースに、何の用だ？」

医者の問いに、ラブラムは唸り声で応じた。

「……用があるのは、シャリースじゃない。奴の連れの方だ」

固い口調で言う。ヴァルベイドは思わず眉を顰《ひそ》めた。弱々しげな老人の顔を、脳裏に蘇《よみがえ》らせる。

今思い返してみても、確かにあの顔には見覚えがあったと、ヴァルベイドは考えた。いつどこで会ったのかという記憶はまだ霧の中だが、嫌な予感は消えていない。グロームというあの老人と、過去に顔を合わせたとき、何か、悪い噂《うわさ》を聞いたような気がするのだ。それは曖昧模糊《あいまいもこ》とした印象でしかなく、何かの間違いだという可能性も否定できなかったが。

傭兵たちの間を歩き、ラブラムは彼を、一人の兵士の元に導いた。雑嚢を枕に横たわったその男は、赤い顔で朦朧《もうろう》としている。仲間の一人が付き添っていたが、病人の首筋を冷やしてやる以外、何もしてやれないようだ。

ヴァルベイドは病人を診察した。熱が高い。ひっきりなしに咳《せき》をしており、呼吸も苦しそうだ。胸に耳を押し付けると、覚えのある、嫌な音が聞こえてきた。ヴァルベイドにとっては、幾度も見てきた症状だ。

「肺炎を起こしているな」

ラブラムに告げると、相手は唇の端を下げた。

「動かせねえか」

「駄目だ」

医者にきっぱりと言い切られ、ラブラムは唇を引き結んだ。

「あんたんところで、預かってくれるか？」

この申し出に、ヴァルベイドはうなずいた。家を一軒丸ごと借りたのは、そもそも患者を受け入れる事態を考えてのことだ。

病人の上に、ラブラムは屈み込んだ。

「俺たちは、先に行くからな。おまえはしっかり養生しろ」

返事はなかった。患者はただぼんやりと、ラブラムを見上げただけだ。自分に掛けられた言葉を理解したのかどうかも定かではない。

ラブラムは身体を起こして、他の部下たちを見渡した。手近な二人の男を手振りで呼び寄せる。

「こいつを先生のところへ運べ。残りの者は、食料や、その他必要なものを揃《そろ》えてこい。準備が出来次第、出発する」

きびきびと命令を下して、ラブラムはヴァルベイドにくるりと背を向けた。振り返りもせず町の中へと入っていく。残りの者たちも、黙々とその後に続く。

仲間に背負われた病人を自分の診療所へ案内しながら、ヴァルベイドは、胸に不安が兆すのを感じた。

4

死体漁《あさ》りに出ていた者たちは、一時間ほどで戻ってきた。

幸い、新たな敵に見付かることはなかったらしい。全員が、ガルヴォ兵の死体から某《なにがし》かのものを持ってきてはいた。とはいえ、一兵卒がさほどの大金を持っているわけもなく、全員分を集めたところで、収穫は微々たるものに過ぎない。

グロームの死体は、他のものより時間を掛けて、念入りに調べられた。

傭兵《ようへい》たちの中には、かつて泥棒で身を立てていた者もおり、その技術と知識は、仲間たちにも伝えられている。傭兵たちは着ていた物を一枚ずつ脱がせ、隠しはもちろん、縫《ぬ》い目の一つ一つまで探り、手紙や地図の類《たぐい》がないかを確かめた。

そして、何一つ見付けられなかった。

「馬の姿はどこにも見えなかった」

一人が、シャリースにそう報告する。

「何かあったとしたら、あの馬に積んであったんだろうな」

グロームが懐《ふところ》に持っていたものを、シャリースは手渡された。

古びた財布に、数枚の銀貨。小さな木の箱には、強壮剤として用いられる、黒い丸薬が収められている。別の袋に入れられていた乾燥した木の葉は、気付け薬として嚙《か》むための物だ。

それだけでは何も判らず、シャリースは途方に暮れて、老人の遺品を眺めた。頭を冷やしてしばし考え、そして目を上げる。

「あのじいさんが、俺たちをガルヴォ軍に売るためにここまで連れてきたのなら、買い手もそこらにいるはずだよな」

「きっと、俺たちの死体に唾《つば》吐き掛けたいと思ってるだろうさ」

傍《かたわ》らで、ダルウィンが鼻で笑う。シャリースは物騒な笑みに唇《くちびる》を歪《ゆが》めた。

「だが、こっちだって大人しく吐き掛けられてやるつもりはない」

立ち上がり、服に付いた枯葉を払い落とす。腰の剣帯を締め直しながら、彼は部下たちを見回した。

「きっと、首尾を確かめに来る奴がいる。俺たちを嵌《は》めた当人が来るかどうかは判らんが、あれだけの人数が戻らないとなりゃ、誰かが見に来るだろう。こっそり行って、覗《のぞ》いて来るとしようぜ。もしかしたら、黒幕の間抜け面を拝めるかもしれねえ」

傭兵たちは、隊長に続いて立ち上がった。セダーも、それに倣《なら》う。疑問も意見も口にすることなく、黙々と武器を準備するその姿に、シャリースは、かつてセダーは、正規軍に身を置いていたのだろうかと思った。剣の腕を売る者の経歴としては、それも十分に考えられることだ。今のバンダル・アード＝ケナードにとって、己が身を自分の剣で守れぬ者は、足手まといにしかならない。その点、セダーは役立たずどころか、頼りにすらなる存在だった。

彼らは静かに森の中を進み、死臭漂《ただよ》う戦場へと戻ってきた。

死体の周囲には、死肉を漁る鳥が集まり始めていた。このまま放置しておけば、日が落ちる頃には獣《けもの》も寄ってくるだろう。だが彼らが仲間に見放されていなければ、その前に、土の下へ埋葬してもらえるはずだ。

傭兵たちは周囲を注意深く調べ、身を隠せる茂みや、地面の窪《くぼ》みを見つけた。それぞれの隠れ場所で息を潜め、じっと、誰かが現れるのを待つ。ただ静かなだけの時間が流れていったが、ここで居眠りが出来るほど、神経の太い者はいない。黒い軍服を脱いだとはいえ、ここが敵地であることに変わりはないのだ。

動きがあったのは、空が薄赤く染まり始めた頃だ。

ガルヴォ軍の臙脂《えんじ》色の軍服を纏《まと》った若い兵士が二人、死屍累々《ししるいるい》たる戦場に姿を見せたのである。傭兵たちは耳を澄ませ、こっそりと合図を送り合って、敵が二人きりであることを確認した。

藪《やぶ》の陰に腹ばいになっていたシャリースは、首を捻《ね》じ曲げて、傍らのダルウィンを見やった。

「いっちょ、盗賊にでもなってみるか」

「別に努力する必要なんかねえぜ。これまでだって、俺たちは盗賊みたいなもんだったんだからな」

ダルウィンが、にやりと笑ってそう返す。シャリースは、反対側にいたマドゥ＝アリに顔を向けた。

「おまえはエルディルを押さえて隠れてろ」

白い狼《おおかみ》の首を掴《つか》んで、マドゥ＝アリはうなずいた。敵の印象に残るようなことは、避けなければならない。狼とその母親の存在は、あまりにも目立ちすぎるのだ。

二人のガルヴァ兵たちは、呆然とした顔で、仲間たちの死体を見下ろしていた。そろそろと歩き回り、まだ息のある者を捜している様子だったが、全員の息の根が止まっていることは、既に傭兵たちが確認している。

シャリースが立ち上がり、ダルウィンがそれに続いた。それを見て、隠れていた傭兵たちもそれぞれ姿を現す。武装した男たちにいきなり取り囲まれ、ガルヴァ兵たちは恐怖に凍りついた。咄嗟《とっさ》に背後を振り返ったが、もう、逃げ道は完全に塞《ふさ》がれている。

「おう、お二人さん」

身を寄せ合い、縮み上がっている二人の兵士に、シャリースは下卑《げび》た笑いを浮かべてみせた。

「こんなところに何の用だ？」

シャリースのガルヴァ語の発音は、完璧《かんぺき》とは言えない。外国人だということはすぐに判ったに違いないが、それは、問題ではなかった。無法者に国境など無いのだ。同国人でないが故に、残酷になれるという場合もある。

兵士たちの顔に浮かんだ恐怖の色が、一層濃くなった。

「よ……様子を見て来いと、命じられて……」

一人が、しどろもどろに口を開く。シャリースは片眉《かたまゆ》を吊り上げた。

「様子？　何の？」

「は……派遣《はけん》した部隊が……戻って来ないと……」

殆《ほとん》ど失神せんばかりの兵士たちに、シャリースはにやりと唇を歪めた。

「部隊？　こいつらのことか」

地面に転がる死体を指し示す。

「気の毒なこった。全員死んじまってるようだぜ」

傭兵たちの間から、わざとらしい嘲笑が漏《も》れる。

二人のガルヴァ兵は、一層身を縮めた。

それを目にして、シャリースは、表情を和らげた。恐怖のあまり舌でも噛まれては、元も子もない。彼らには、知る限りのことを喋《しゃべ》ってもらわなければならないのだ。

「それで、こいつらは一体何のために派遣されたんだ？」

幾分優しい声音で問い掛ける。ガルヴァ兵たちは、互いに目を見交わした。

「侵入してきたエンレイズ軍を、血祭りに上げるのだと聞きました……」

一人が答え、もう一人もうなずく。

他人事《ひとごと》のように、シャリースは鼻を鳴らした。

「それで、てめえらが血祭りに上げられちまったってことらしいな。間抜けな話だ」

ガルヴァ兵たちの目に、困惑の色が浮かぶのを認めて、シャリースは内心ほくそ笑んだ。

今の今まで、二人のガルヴァ人は、味方の兵士を皆殺しにしたのは、目の前にいる無法者だと思い込んでいたのだろう。だが、彼ら自身が口にした通り、部隊は、エンレイズ軍と戦うために出発したはずだ。

だとすれば、と、二人のガルヴァ人は考えたに違いない。部隊を全滅させたのは、エンレイズ軍なのではないか——目の前にいる、返り血の一滴も浴びていない様子の、この無法者たちではなく。

この誤解が、ガルヴァ人たちの緊張を、少しだけ緩めたようだった。もし、仲間を殺したのがこの無法者でないとするのならば、彼らが自分たちを殺す理由もないはずだ。

誤解を植え付けた張本人であるシャリースは、二人のガルヴァ兵がそう考えたがっていることに付け込んだ。

「エンレイズ軍が侵入してきてるなんて初耳だぜ。どこから聞いた？」

何気ない口振りで尋ねる。傭兵たちにとっては何よりも知りたい情報だったが、ガルヴァ人たちは、当惑したような顔になった。

「さあ——俺たちは、上官に言われただけで……」

歯切れの悪い答えが返る。思いも寄らぬことを訊《き》かれたという風情だ。この様子では、彼らはグロームのことも、彼に大金を預けた人物のことも知らされていないのだろう。

「奴らの通る道は判っているから、それを逆に辿《たど》って行けと……」

ガルヴァ兵がおずおずとそう続け、シャリースは思わず奥歯を噛み締めた。グロームは、自分の辿る道を、予《あらかじ》め雇い主と打ち合わせていたらしい。つまり、ここに来るまでに通ってきた経路は、敵に全て知られている。来た道を、そのまま帰るわけにはいかないということだ。

「——まあ、とにかく」

失望を隠して、彼は臙脂色の軍服を着た男たちに告げた。

「おまえらが何を期待してたか知らんが、ここに転がってた金目のものは、もう俺たちが頂いちまった。悪く思うなよ」

「そんなことは……」

二人の兵士の顔に、一瞬、後ろめたそうな表情が宿った。死体からの掠奪《りゃくだつ》は誉められたことではないが、上官の目の届かぬ場所では、当たり前に行われている。敵であろうと味方であろうと、死体になってしまえば、金は必要ない。良心が痛むこともない。

シャリースは理解者であるかのようにうなずいた。

「その代わり、いいことを教えてやろう。エンレイズ軍の奴らを見かけたぜ。山を下って、北に向かってた。今頃はもう、遠くに逃げてるだろうさ」

シャリースは二人を追い払い、ガルヴォ兵たちは、一目散に逃げていった。傭兵たちはその後ろ姿を見送った。

ダルウィンがかぶりを振る。

「……信じたかねえ?」

その口調は懐疑的だ。シャリースは苦笑した。三文芝居だったことは、自分でも良く判っている。だが、怯《おび》え切り、冷静な判断を下せなくなっていたあの二人は、少なくともしばらくの間は、騙《だま》されたことに気付きもしないだろう。

「とりあえず、あいつらはな。報告を受ける上官が信じてくれりゃめっけもんだが、上官がそれほどの間抜けでなくとも、多少の時間稼《かせ》ぎにはなるだろう。こっちも場所を変えるぞ」

肺炎を起こした兵士の呼吸が、ようやく静かになってきた。

外は既に夜の闇に覆《おお》われ、家々の明かりだけが、ぼんやりと道を照らしている。蠟燭《ろうそく》の灯りを頼りに、ヴァルベイドは、患者の様子を確かめた。薬が効いたらしく、兵士は眠りに就いている。熱も、昼間よりは幾らか下がってきたようだ。順調に回復すれば、数日で、ベッドから起き上がれるようになるだろう。

足音を忍ばせて、ヴァルベイドは患者のベッドから離れた。燭台《しょくだい》を窓際のテーブルに置き、椅子を引き寄せる。夕食は済ませたが、まだ宵の口だ。ベッドに潜《もぐ》り込むには早い。昼間買ってきた薬草を計り、調合する仕事も残っている。

鉢の中で塗り薬を練《ね》っていたとき、扉を、控えめに叩く者があった。

ヴァルベイドは立ち上がって、扉を開けた。夜の闇に溶け込むように、黒い影が、静かに佇《たたず》んでいる。

「あんたに土産《みやげ》がある」

訪問者は穏やかにそう言って、小さな素焼きの壺《つぼ》を掲げてみせた。ヴァルベイドは微笑した。

「テレス」

顔に傷のある傭兵隊長を、医者は診療所の中へ迎え入れた。テレスはマントを取りながら、テーブルの上に雑然と置かれた薬草や作りかけの薬に、ちらりと目をやった。空いていた椅子の背に脱いだマントを掛け、どさりと腰を下ろす。それから、奥のベッドに横たわる病人へと視線を投げる。

「忙しいようだな」

持って来た壺の栓を抜いて、ヴァルベイドに差し出す。テレスの向かいに腰を落ち着け、ヴァルベイドは壺を受け取った。ワインの甘い香りが鼻先に漂う。

「君の部下が手伝ってくれて、助かってるよ」

ワインを一口含み、その濃い味わいを楽しみながら、テレスに渡す。傭兵隊長はワインに口をつけ、壺をテーブルに置いた。片手で、ベッドにいる病人を指す。

「あれが、バンダル・ドーレンの傭兵か？」

「そうだ。肺炎を起こしているが、安静にしていれば、じきに良くなるだろう」

テレスはうなずいた。そして話題を変える。

「あんたが忙しい、その理由を耳にした」

面食らって、ヴァルベイドは相手を見返した。

「え？」

テレスは片手で、診療所の中を指し示した。

「ここに物資を送っていた、マラスという男だが」

「死んだんだろう？」

そのことは、とうに知っている。今更聞くまでもない。テレスはしかし、かぶりを振った。

「殺されたんだそうだ、部下の一人に」

思わず、ヴァルベイドは眉を顰《ひそ》めた。

「それは……初めて聞いた」

「現場が大混乱に陥《おちい》っているのは、その殺人事件のせいらしい。殺人犯は捕まったそうだが、身内同士の事件というのは厄介《やっかい》だ。調べが入ると、外には知られたくない諸々まで、色々噴出するからな」

納得して、ヴァルベイドは溜息《ためいき》をついた。

「……何故後任がなかなか決まらないのか、不思議に思ってはいたがね」

兵站部《へいたんぶ》の司令官という役目は、そもそもおいしい仕事だ。うまく立ち回りさえすれば、私腹を肥《こ》やすのも容易《たやす》い。その任に就きたい者など、幾らでもいるはずなのだ。それが決まらないというのは、皆、己の保身に躍起になっているからかもしれない。

「恨みを買いやすい仕事でもあるしな」

テレスが皮肉な笑みを浮かべる。どうせ組織ぐるみで不正でもしていたのだろうと、その顔に書いてある。

確かに、マラスが殺されたのは、部下から恨まれたか、妬《ねた》まれたかしたためかもしれない。マラスの人となりについては何も知らないが、その職務故に殺されたというのは、十分考えられることだ。これまでにも、似たような事件は幾らでも起こっていた。

だが理由がどうであれ、ヴァルベイドの苦境は変わらない。後任はすぐに決まるだろうという楽観的な希望は、この際捨てた方が良さそうだ。

ヴァルベイドは溜息をついて、ワインを飲んだ。壺をテーブルへ戻して薬の鉢に手を伸ばしかけ、そしてふと、テレスに目を向ける。

「バンダル・ドーレンに会ったか？」

「ああ、もうここにはいないがな」

テレスはうなずき、ワインの壺を取って椅子の背にもたれかかった。片手で、ヴァルベイドに仕事を続けるよう促《うなが》す。

ヴァルベイドはへらで塗り薬を練り始めた。

「どんな連中だ？」

医者の問いに、テレスは思案げに唇の端を下げた。

「全員をよく知っているわけじゃない。だが、少なくとも隊長のラブラムは優秀だ。無口で、冗談の通じない、面白味のない男だが。敵には必要以上に冷酷だという話も聞くが、それくらいでなければ、こんな商売では、生き残れないことも多いからな。少なくとも味方に対しては公正だ」

この評価に、ヴァルベイドの胸に不安がきざした。

「彼は、バンダル・アード＝ケナードを探しているそうだ」

「……」

怪訝《けげん》そうな眼差《まなざ》しを、傭兵隊長がヴァルベイドに向ける。ヴァルベイドは手を止めた。

「――正確には、バンダル・アード＝ケナードと一緒にいる男を」

ゆっくりとテレスはうなずいた。

「あの、正体不明の老人か。シャリースもぶつぶつ言っていたが、やはり、何か裏があったようだな」

　こともなげな傭兵隊長の口調に、しかし、ヴァルベイドは安心することが出来なかった。

「シャリースは、大丈夫だろうか」

　テレスはにやりと笑った。

「ラブラムとシャリースが、剣を抜いて大立ち回りをするとでも？　まさか。二人とも、それほど馬鹿じゃない」

「……そうか」

　ほっとして、ヴァルベイドは仕事に戻ろうとした。テレスが何気ない口振りで言葉を継ぐ。

「彼らの利害が対立することになったら、そんなちゃちな決闘よりも、もっと悪い事態になるだろうよ」

「……」

　ヴァルベイドは思わず息を呑んだ。傭兵隊長をまじまじと見つめたが、彼の言葉が冗談だったのかどうか、判らなかった。


　バンダル・アード＝ケナードは、森の中で一夜を過ごした。

　ガルヴォ兵たちと殺し合いをした場所から、そう離れてはいない。だが、ここは勝手の判らぬ土地で、しかも夜の帳《とばり》が下りている。闇雲に歩き回るより、朝になるまでじっとしていた方がいいと判断したのだ。第一、どの方向へ向かえばいいのか、判っている者は誰もいない。

　朝日が昇り、周囲の様子が見て取れるようになったところで、事態は、あまり変わらなかった。

「あっちから来たのは確かなんだ」

　シャリースが漠然《ばくぜん》と東を指す。

「だから、あっちに戻りゃ、そのうちモウダーに出るはずなんだが」

言いながら、彼は朝食代わりの干し肉を噛み千切った。誰かに見られる危険があるため、火は焚《た》けない。味気ない食事はともかく、早朝の寒さが身に沁《し》みた。皆、マントにしっかりと包《くる》まっている。

通ってきた道は使えず、地図もなく、彼らは途方に暮れている。とにかく東に向かえば、数日で、モウダーか、運が良ければエンレイズ国内に入れるだろう。だが、敵軍がすぐ側《そば》をうろついているこの状況で、森から足を踏み出すのには、勇気以上のものがいる。

「いっそここで、盗賊として暮らす方がいいかも知れんな」

シャリースの正面に座ったゼーリックが、まるで他人事のような顔で言う。

「少なくとも、周りの地理を把握して、帰り道を見つけられるまで」

「あっという間に冬になっちまうぜ」

横にいたタッドが、不機嫌な顔で反論する。

「山で冬を越すなんて、真っ平ごめんだ。こんな装備じゃ、雪が降ったら凍死しちまう」

シャリースのすぐ後ろで、ダルウィンが鼻を鳴らす。

「凍え死にしそうになったら、エルディルの毛皮を剝《は》ぐしかねえかな」

シャリースはそれを笑い飛ばした。

「馬鹿言うな。おまえなんかどうせ返り討ちだ。エルディルがおまえの皮を着ることになるだろうよ」

自分の名前を聞きつけたエルディルが、彼らの方へ顔を向けた。これ見よがしな長い溜息をつきながら、マドゥ＝アリの膝《ひざ》に顎《あご》を乗せる。いかにも寛《くつろ》いだようなその顔は、人間たちの軽口を馬鹿にしているようだった。マドゥ＝アリが優しく、その頭を撫《な》でる。

「力関係は歴然としているようだな。差し詰め、女王と小作人といったところか」

　脇で見ていたメイスレイが、歌うような口調でそう評し、周囲から押し殺した笑い声が洩れる。

　だが、笑ってばかりはいられない。タッドの言うとおり、彼らの装備で冬を乗り切るなど論外だ。それこそ盗賊でも働いて、必要なものを手に入れない限り、ここで朽《く》ち果てるしかない。しかし、自分たちがガルヴァに入ったことは、既に知られてしまっている。やむを得なかったとはいえ、証拠も残してしまった。軍服を脱いだことは、一時しのぎにしかならない。ガルヴァ軍に見付かれば、彼らの命運はそこで尽きる。

　たとえ臙脂色の軍服を身にまとっていなかったとしても、出会う相手は、全て敵だと考えた方が安全だ。誰にせよ、グロームの主人は、バンダル・アード＝ケナードをガルヴァ国内におびき寄せるためだけに、大金を積んだ。彼らの首を取るためになら、さらに多額の金を積むかもしれない。傭兵を雇うのも、近隣住民を駆り出すのも、金さえあれば思いのままだ。

　今は十人の部下たちが、周囲の様子を探りに行っている。その報告を聞いてから、シャリースは進むべき道を決めるつもりだった。出来れば人目のない経路を見つけたかったが、それが無理なら、危険を冒しても、隊を幾つかに分けることを考えなくてはならない。

　やがて、最初の二人が戻ってきた。予定よりも大分早い帰還だ。

「ガルヴァ軍の奴らの陣営にぶち当たっちまった」

　彼らはシャリースに、そう報告した。

「俺たちを捜しているのかどうかは判らんが、可能性はあるな。出立の準備をしているようだ。まあ、あの手際の悪さじゃ、まだ時間は掛かりそうだが」

「昨日のあの、腰抜け二人はいたか?」

笑みを含んだシャリースの問いに、一人がにやりと笑い返す。

「さあね、俺の目には、あの軍服を着た野郎どもは、皆同じ腰抜けに見えるんだよ」

それから六人が戻ってきた。二人は人の住んでいると思《おぼ》しき家を見つけ、別の二人は、煙を見ていた。

「俺たちが見てきたところは、少なくとも人の気配はなかったんですが」

唯一、希望が持てた報告は、しかし、浮かぬ顔で為《な》された。

「視界が全然利きません。木が生い茂ってて、森がどんどん深くなって——あれじゃ、足元に崖《がけ》があっても、実際に転げ落ちるまで気付きませんね」

最後に戻ってきたのは、チェイスとライルだった。

正確には、彼らは二人ではなかった。ライルが、一人の子供の手を引いている。

それを目にして、傭兵たちは顔を見合わせた。

まだ、十を幾つか過ぎたくらいだろう。痩《や》せたひょろ長い手足の少年だ。身なりは質素だが、少なくとも、身体に合った新しい服を着ている。怯えた様子ではあるが、逃げようとはしていなかった。むしろ縋《すが》るように、ライルの手をぎゅっと掴んでいる。

「隊長」

仲間たちの姿を目にして、チェイスが駆け寄ってくる。

「あの子、うろついてんのを見付けたんすよ」

得意げに、シャリースへ報告する。シャリースは苦笑した。

「見付けたからって、何でも拾ってくるなよ。どこのガキだ」

じれたような顔つきで、チェイスが背後を指差す。

「だってあいつ、グロームのじいさんを捜してるっつってんですよ」

「何だと？」

思わず、シャリースは眉を上げた。ライルが何事か低く話し掛けながら、少年をシャリースの元に連れてくる。

傭兵隊長の前に立たされ、少年は目に見えて全身を強張《こわば》らせた。恐怖に目を見開き、食い入るように、シャリースの顔を凝視している。シャリースが地面に腰を落ち着け、剣も鞘《さや》に収まったままだというのに、まるで、怒り狂って牙を剥《む》く熊にでも出会ってしまったような表情だった。

シャリースもしげしげと、相手の顔を観察した。

「……ガルヴォ人か？」

「……」

尋ねてみたが、答えはない。シャリースは、少年の背後に立っているライルへ視線を投げた。ライルが肩をすくめる。

「少なくともさっきまでは、エンレイズ語で喋ってましたよ」

短く溜息をついて、シャリースは片手で髪を掻《か》き上げた。

「本当のことを言えよ」

「……」

「誰も怒らねえから」

「……エンレイズ人です」

掠《かす》れた声が、少年の喉《のど》から絞り出される。シャリースは笑みを浮かべた。

「よし、ちゃんと言葉を話せるじゃねえか」

ようやく少しだけ、少年の表情が緩む。シャリースは手振りで、少年を座らせた。丸い茶色の瞳を覗き込む。

「なあ、俺たちは他所《よそ》から紛《まぎ》れ込んじまったばっかりでよく判んねえんだが」

目の前の地面を指差す。

「ここはガルヴォなんだろ?」

傭兵隊長の問いに、少年は、黙ったままうなずいた。

「じゃあ、エンレイズ人のおまえが、どうやってここまで来たんだ?」

少年は落ち着かない様子で、乾いた唇を舐《な》めた。

「主人に連れられてきました」

小さな声で答える。シャリースは眉を寄せた。

「おまえの主人は、ガルヴォ人なのか? それとも、モウダー人か?」

「いいえ……」

少年がかぶりを振る。残った可能性に、シャリースは片眉を吊り上げた。

「……じゃあ、お前の主人もエンレイズ人なのか?」

「はい」

あっさりとうなずかれて、シャリースは思わず天を仰いだ。迷子になって、気付いたらガルヴォに入り込んでいたと言われた方が、まだ信憑性《しんぴょうせい》があった。だが、少年の言うことが真実だとすれば、彼の主人は、物好きにも、わざわざ命の危険を冒して、敵国内に侵入したことになる。

「——なあ、知ってるだろうが、エンレイズとガルヴォは戦争をしてる。つまり、敵同士だ。エンレイズ人は、そう簡単には、ガルヴォには入れてもらえねえはずなんだよ。一体いつ、どうやって国境を越えた?」

「……一年以上前に……馬に乗って……」

少年の返答が、しどろもどろになってくる。嘘《うそ》をついているからか、それともシャリースの表情の変化に怯えたのかは、しかし定かではない。

少年の言葉は真実なのか、だとすれば、主人というのは何者なのか、もし嘘なら、それは何のためか——シャリースの頭に、次から次へと疑念が湧き上がる。だが彼には、先に確かめるべきことがあった。

「グロームを捜してるって言ったそうだな?」

少年は上目遣《づか》いにシャリースを見やった。

「はい……主人の言いつけで」

「残念だが、グロームは死んだ」

シャリースは事実を告げた。口先で誤魔化したところで仕方がない。

ぽかんと口を開けて、少年は凍りついた。

「何で……」

「ガルヴァ軍の兵士に殺された」

シャリースの視界の隅で、セダーが微《かす》かに身じろぎをした。グロームの死は、彼の舌に苦く感じられるのだろう。だがそれは、シャリースにとっても同じだ。

「何のために、グロームを捜してた?」

少年は、自分を取り囲んでいる武装した男たちを見回した。傭兵たちが見つめ返す。誰も口をきこうとしない。空気がぴんと張り詰める。

少年はごくりと唾を飲み込んだ。

「……助けを連れてくるはずだったんです——グロームさんは」

「助け?」

「主人が、エンレイズに戻るために……その……護衛に傭兵を雇うって」

シャリースはちらりと背後に視線を走らせた。目の合った数人が、黙ってかぶりを振ってみせる。

少年の言葉は、グロームが生前繰り返していた説明と矛盾《むじゅん》しない。グロームは、主人を迎えに行くと言っていた。行く先に関して頑《かたく》なに口を閉ざしていたのは、正直に話せばシャリースがこの話を断るだろうと、そう考えたからかもしれない。確かに、ガルヴォ国内に潜入するなどと聞かされれば、シャリースは即座に席を立っていただろう。

だが、もし、グロームとこの少年が、同じ筋書きに沿って、彼らを罠《わな》に掛けようとしているのだとしたら――。

今すぐ結論を出すことは出来ない。何が真実かを見極めるには、あまりにも、不確実なことが多すぎる。

途方に暮れて、シャリースは深い溜息をついた。

彼らはひとまず、出発の準備を整えているというガルヴォの正規軍から、身を隠せる場所へと移動した。

森の中をそろそろと通り抜け、山の傾斜を少しばかり上ったところに身を潜める。そこからならば、山道を見下ろすことができる。誰かが通れば、上からこっそりと、それを監視できるはずだ。

木々の間から日の光が差し込み、彼らの顔に温かさを伝えていた。足元は柔らかな朽葉《くちば》に覆われ、時折、赤く色付いた枯葉が、ひらりと舞い落ちてくる。綺麗《きれい》で、居心地のいい場所だった。こんなときでもなければ、ひと時の休息を楽しめただろう。

だが、今はその時ではない。念のため、周囲にぐるりと歩哨《ほしょう》を立たせ、シャリースは、少年の尋問を再開した。

少年は、パージと名乗った。主人は、ナーヴィスという名の、商人なのだという。

「グロームさんは旦那様の執事で、旦那様がお生まれになる前から、あの家にお仕えしていたらしいです」

訥々《とつとつ》と、少年はそう説明する。指先はしきりに、自分の服の端をいじっている。傭兵隊長の前に座らされ、傭兵たちに取り囲まれて、落ち着かなげな様子だ。

ごつごつした大きな木の根の上に腰を下ろし、シャリースはじっと、少年の様子を観察した。

「それで、おまえの主人のナーヴィスとやらは、ガルヴァ軍に取っ捕まってでもいるのか？」

傭兵隊長の問いに、パージはかぶりを振る。

「いいえ、ご自分のお屋敷におられます」

シャリースは片眉を上げた。

「主人はエンレイズ人だって言わなかったか？　それが、ガルヴァに屋敷を持って、召使いを雇って、豪勢に暮らしてるってのか？　戦争中なんだぜ？」

少年が怯《ひる》んだ顔になる。だが彼は、己の言葉を翻《ひるがえ》そうとはしなかった。

「まともな商人ではないだろう」

ゼーリックが、シャリースの横から口を挟んだ。彼もまた、子供の反応を窺《うかが》っている。だがパージは、ぽかんとした顔になっただけだ。

「……商人というのはただの隠れ蓑《みの》で、ナーヴィスとやらは間諜《かんちょう》なのかもしれんな——あの医者と同じで」

穏やかにそう言ったのは、メイスレイだ。

提示されたその可能性を、シャリースは考えた。有り得ないことではない。わざわざ敵国に身を置いて商売を続ける理由としては、十分に納得がいく。もっともその場合、ナーヴィスが、エンレイズの間諜なのか、それともガルヴァの間諜なのか、見極めるのは難しいだろうが。

パージは困惑した顔で、傭兵たちの顔を見比べている。

「どうなんだ?」

シャリースはさりげない口調で、少年に尋ねた。

「おまえのご主人は、どこかの間諜なのか? 何でわざわざ、ガルヴォになんか出向いてるんだ?」

弱々しく、パージはかぶりを振った。

「あの……僕には判りません……」

「どうするよ、シャリース」

後ろから、ダルウィンの声が掛かる。

「いつまでも、こんなところにいるわけにはいかないんだぜ」

「判ってる」

肩越しに幼馴染《おさななじみ》を振り返り、そしてシャリースは少年へ目を戻した。

「――坊主、おまえ、どうやってここまで来た?」

パージは小首を傾げた。判り切ったことを尋ねられたような顔だ。漠然と、右手で彼方を指し示す。

「山の中を通って……」

「道を知ってるのか?」

シャリースは身を乗り出した。少年がうなずく。

「はい、お屋敷まで案内できます。安全な道を通って」

つまり、ガルヴォ軍には見付からない経路があるということだろう。その瞬間、微かな期待が、シャリースの胸に芽生えた。

「それじゃあ、ここから、エンレイズかモウダーへ抜ける道は知ってるか?」

「はい……でも」

一瞬膨れ上がった傭兵たちの期待を、パージはしかし、あっさりと打ち砕いた。

「僕が知ってるのは、あの道だけです。あの、ガルヴァ軍がいた……」

「……」

黙り込んだ傭兵たちに、少年が少し考え、おずおずと付け加える。

「でもきっと、旦那様なら、道をご存知です」

その言葉に、シャリースは片手で頭を抱えた。

一呼吸の後、勢いをつけて立ち上がる。そろそろ、決断をしなければならない時間だ。

「……そういうことらしい」

部下たちの視線が自分に集中しているのを意識しながら、シャリースは全員に向かって口を開いた。

「ガルヴァ軍の奴らは最初から、俺たちの通る道を知っていた。昨日の待ち伏せから見ても、それは間違いないだろう。となると、俺たちに出来ることは、この坊主の後にくっついていって、ナーヴィスとやらの首に縄をつけて案内させるか——あるいは、一か八かで敵の中を突破するか、どちらかしかない」

どちらにせよ、見通しは、明るいとは言えない。それを理解し、傭兵たちが黙り込む。

沈黙を破ったのは、ゼーリックだった。

「……そもそも俺たちは、その、ナーヴィスとかいう男を迎えに行くために雇われたんじゃなかったか？」

シャリースは相手に向かって、片眉を上げてみせた。死んだグロームと、この少年の言葉を信じるのならば、確かにその通りだ。ナーヴィスはグロームに金を渡し、自分を護衛させるため、傭兵隊を雇えと命じた。グロームはその役目を果たそうとして、その途上で命を落とした。そして主人の命令は、パージというこの少年に引き継がれている。

それはあくまで、もし彼らを信用するのならば、の話だ。

「それに、金はまだ半分しかもらってない」

　シャリースの躊躇《ためら》いを吹き飛ばしたのは、幼馴染の気楽な一言だった。ダルウィンは自分の財布に触れ、中に収められている金貨を小さく鳴らした。にやりと笑う。

「最初の話じゃ、振っても音がしなくなるくらい、こいつに金貨をぎっしり詰めてもらえるはずじゃなかったか？」

「もし、ナーヴィスが間諜だったら」

　メイスレイが顎を撫でながら呟《つぶや》く。自分が言い出したその可能性について、じっくりと考えることにしたらしい。

「エンレイズ、ガルヴォ、どちらの味方にせよ、金は腐るほど持っているだろう。さぞや、報酬も期待できるだろうな」

「こんな目に遭《あ》わされてんだ。危険手当を余分に請求してもいいくらいだぜ」

　唸《うな》るように、タッドが言った。シャリースは苦笑して、部下たちを見回した。

「他に、意見はねえか？」

　口を開く者はいない。命と金とを天秤《てんびん》に掛け――そして全員が、金を取ったのだ。傭兵とは、そういうものだ。

　シャリースは口元に、歪んだ笑みを浮かべた。

「――もしこれが最初から仕組まれた茶番で、誰かが俺たちを皆殺しにしようと待ち構えていたとしたら、その時には、そんな陰謀を企《くわだ》てたことを、じっくり後悔させてやる」

　少年を真っ直ぐに見下ろす。彼の言葉は半ば、この少年に向けられたものだったが、パージは動かなかった。傭兵隊長の声に潜む氷の冷たさに、身体が竦《すく》んだらしい。

　シャリースは、少年の腕を摑んで立たせた。自分の雑嚢《ざつのう》を取り上げ、顎をしゃくる。

「それじゃあ、出発するか――どっちだ」

見えない手に突き飛ばされたかのように、少年は前へと飛び出した。ようやく我に返ったようだ。きょろきょろと周囲を見回し、方向を見定める。

「……こっちです」

歩き始めた少年の後について、傭兵たちは山の中を歩き始めた。

「やっと、本当の雇い主の顔が拝めますね」

シャリースの横を進んでいたライルが、感慨《かんがい》深げに言う。モウダー出身のこの青年は、まだ、傭兵稼業に慣れていない。考え方も単純だ。ダルウインが、その後ろで鼻を鳴らす。

「ここはガルヴォだぜ、ライル。そうすんなりことが運ぶかどうか、怪しいもんだ」

ライルの希望的観測を打ち砕く。シャリースは小さく笑った。

「それに、拝んだところで、面白いもんでもないだろうさ。美人の娘でもいるのならともかく」

口髭《くちひげ》を撫でながら、ゼーリックが真面目腐った顔を作る。

「もし美人の娘がいたら、アランデイルは縛《しば》り上げて、馬の背にでも積んでおかないとな」

隊列の後ろの方から、アランデイルの抗議の声が上がった。どうやら聞こえていたらしい。

「あの……」

おずおずと、パージが傭兵隊長を見上げる。

「旦那様に、娘はいません。ご家族は奥様と――男のお子様だけです」

シャリースは肩越しに後ろを振り返った。金色の巻き毛の若者と目を合わせる。

「残念だったな、アランデイル」

「娘がいればいいって言ったのは、あんたでしょう、隊長」

アランデイルが冷たく言い返す。傭兵たちの間から押し殺した笑い声が洩れた。緊迫した空気が、少しだけ和らぐ。

「マドゥ＝アリ」

最後尾にいた部下を、シャリースは片手で呼んだ。マドゥ＝アリが、足を速めて隊列をすり抜けてくる。白い狼が忠実に、その足元に寄り添っている。

首を伸ばして自分を嗅《か》いだエルディィルに、パージが首を絞められたような悲鳴を漏らした。今にも走り出しそうな素振りを見せる。ダルウィンの手が、その襟首《えりくび》を摑んで止めた。

「おまえが逃げ出せば、こいつは大喜びで追いかけるぜ」

背を屈め、少年の顔を間近に見つめて、ダルウインはわざとらしく声を潜めた。

「よく考えてみろよ、狼に足で敵《かな》うわけねえだろ？　面白半分に八つ裂きにされたくなきゃ、普通に歩き続けるんだよ」

傭兵に襟首を摑まれたまま、パージがぎくしゃくと歩き出す。足をもつれさせ、転びそうになったのを支えたのも、ダルウィンの手だ。

だがエルディィルの方は、少年への興味を早々に失ったようだった。面白くもなさそうに鼻を鳴らし、シャリースの手に頭を押し付けてくる。

白い狼の頭を撫でてやってから、シャリースは傍らに来たマドゥ＝アリに目を向けた。顎で、少年の背を指す。

「エルディィルと一緒に、この坊主を見張っとけ」

マドゥ＝アリは黙ってうなずいた。この異国の若者は、隊長のいかなる命令にも疑問を差し挟まない。

びくりと立ち止まりかけたパージを、ダルウィンが先へ進ませる。シャリースはさらに、二人の部下を呼んだ。

「チェイス、ライル、おまえらもだ。こいつを連れてきた責任を取れよ。目を離すな」

この二人も、直ちに、少年の横に付いた。彼らもまた、質問の類を口にしなかったが、それは、任務の意味を理解しているからだ。

ようやくダルウィンの手から解放されたパージが、歩きながらも、おっかなびっくりの態《てい》で、傭兵隊長を振り仰いだ。

「何でそんな……」

「何故かというとな」

シャリースは、パージの目を真っ直ぐに覗き込んだ。声を低める。

「第一には、おまえを信用していないからだ」

嚙んで含めるように言う。

「おまえがもし俺たちに嘘をついていたら、ガキだろうと容赦しねえ」

「……僕は、嘘なんて……」

「第二に」

パージを遮《さえぎ》って、シャリースは続けた。

「おまえをガルヴォ人に殺させないためだ。俺たちは既に、グロームを死なせちまってる。これ以上、へまをやらかすわけにはいかねえんだよ」

「……」

開きかけた少年の口は、そのまま凍りついた。

5

異変が起こったのは、翌日の明け方だった。

周囲には靄《もや》が立ち込め、景色を白くけぶらせている。落ち葉の上で休んだ傭兵《ようへい》たちの服は湿り、重く身体に張り付いていた。火はもちろん焚《た》けず、暖を取る術《すべ》もない。

何者かの手がそっと肩に触れ、シャリースはびくりとして目を覚ました。身体を起こすと、冷え切っていた手足の関節が痛む。

間近に、マドゥ＝アリの、緑色の瞳が彼を見下ろしていた。

「誰かが近付いてくる」

静かに囁《ささや》く。その声には、微塵《みじん》の恐怖も焦《あせ》りもない。いっそ優しいとも言える声音だ。

一瞬湧き上がった動揺《どうよう》は、マドゥ＝アリの淡々とした様子に鎮まった。気付けば、エルディルが長い牙を剝《む》きはるか彼方をじっと見据《みす》えながら、歩哨《ほしょう》がまだ見つけられない敵の気出している。

配も、狼《おおかみ》には判るのだ。

　身体の痛みを無視して、シャリースは素早く起き上がった。

「……全員起こしてくれ。静かにな」

　マドゥ＝アリがうなずいた。シャリースは側《そば》にいた部下の肩を揺すりながら、目の隅で、自分たちをここに導いた少年を捜した。チェイスの傍《かたわ》らで、身体を丸めるように眠っている。

　間もなく、寝ていた者は全員が目を覚ました。眠りが浅かったせいだろう、寝惚《ねぼ》け眼《まなこ》の者はいない。もっともこの状況は、悪夢の延長と思えなくもないと、シャリースは皮肉な気分で考えた。歩哨に立っていた者たちも呼び戻されてくる。

　パージは、チェイスとライルの間に挟まって、震えている。シャリースは、少年の様子に目を留めた。パージは怯《おび》えている。だが問題は、何に怯えているのか、だ。迫り来る敵の影か、あるいは、嘘《うそ》が明るみに出たとき、傭兵たちが行うであろう復讐《ふくしゅう》か。

　しかし今は、それを追及しているときではない。

「チェイス、ライル、そのガキを逃がすなよ」

　二人が真面目な顔でうなずくのを見届け、シャリースはもう一人、バンダルの一員でない若者に目を向けた。

「セダー、俺にはおまえに命令する権利はないが、どうやら敵が迫ってるらしい。一緒に戦ってくれないか？」

　恐れる様子もなく、セダーは肩をすくめた。

「こんなところで死ぬつもりはない。あんたの指示に従おう」

　躊躇《ためら》うことなく答える。シャリースは片手を振った。

「よし、ゼーリックについてくれ。ゼーリック、頼む」

ゼーリックはうなずいた。シャリースと短い打ち合わせを済ませ、二十人ほどをつれて、山の斜面を下っていく。

残った者たちは、山道を見下ろす場所へ這《は》い登った。腹ばいになって、近付いてくる何者かに備える。

朝日が木々の間から差し込み、靄が晴れ始めている。彼らは耳を澄ませ、目を凝《こ》らした。エルディルが耳を向けている方角に集中する。

「……敵が見えた」

やがて、ダルウィンがぼそりと呟《つぶや》いた。

「――だが、兵隊じゃないかもな。少なくとも、軍服は着てない。剣は持ってるようだが」

シャリースの目にも、近付いてくる一団が見えた。一見したところ、近隣の住民のような風体の男たちが、ぞろぞろと歩いてくる。四、五十人はいるだろう。薪《たきぎ》や木の実を拾いに来たわけでないのは、その人数と、全員が身につけている武器から して明らかだ。

正規軍の兵士であれば、任務の途中で軍服を脱ぐことはまず考えられない。とすると、近くに住む男たちが、狩にでもやってきたのかもしれない。

しかしシャリースは、最悪の可能性を考えた。

「俺たちだって、平服で武装してる。とすると、奴らは同業者かも知れねえな」

重い沈黙が、その場に落ちた。やってきたのがもし、ガルヴォの傭兵隊だったとしたら、正規軍の少なくとも五倍は手強いと考えなければならない。正面から戦うことになれば、こちらも甚大《じんだい》な被害を受けることになるだろう。

その時、先頭を歩いていた赤い髭《ひげ》の男が足を止めた。地面を指差しながら、隣にいた男に話し掛ける。後続の男たちも、わらわらと集まってくる。

シャリースは小さく舌打ちした。自分たちの足跡が見付かったのだ。急いでいたため、痕跡《こんせき》を完全に消している余裕がなかった。これでもう、息を潜めてやり過ごす機会は失われた。

「――ダルウィン」

「おう」

予《あらかじ》め打ち合わせておいた通り、ダルウィンは立ち上がった。五人の傭兵を従えて斜面を滑り降り、男たちからは見えぬ位置に降り立つ。山道を回り込み、傭兵たちは、あたかも散歩をしているかのような足取りで、謎の男たちへと近付いた。

相手が、通りすがりのただの村人だったら、そのまま擦《す》れ違えるはずだった。

しかし、ダルウィンたちの姿を認めた瞬間、男たちは一斉に、剣に手を掛けた。彼らが狩をしにここに来ていたのは、もはや明白だった。獲物は、人間だ。

「ここで何をしている」

赤い髭の男が、唸《うな》るように問い質す。ダルウィンは相手へ、人好きのする笑みを向けた。片手を大きく広げてみせる。

「何って、散歩だよ。気持ちのいい朝だからな」

当然のことだが、ダルウィンの見え透いた嘘は無視された。

「貴様、エンレイズ人だな?」

言葉の訛《なま》りは、そう簡単には取れない。即座に見破られたが、ダルウィンはあっさりと肩をすくめた。困ったような顔で笑う。

「少なくとも、生まれたときは違ったな」

頰《ほお》の辺りを人差し指で掻《か》く。

「だが、国境って奴は厄介《やっかい》だ。時に、こっちの都合なんか関係なく、勝手に動きやがるからな」

そして彼は、赤い髭の男ににっこりと笑ってみせた。

「もしかしたら、十年後には、あんたらもエンレイズ人になってるかも知れねえぜ。でなければ、俺がガルヴァ人になってるか――どっちにしろ、大した問題じゃないさ。俺は俺だ。これ以上背が伸びるわけでもねえだろう」

小柄なダルウィンのこの台詞《せりふ》に、男たちの間から小さな笑いが洩れた。だが、赤い髭の男は、ダルウィンの冗談を、おかしいとは思わなかったようだ。

「ふざけやがって。人なめてんのか」

腰の剣を抜きかける。ダルウィンは平然と相手を見返した。

「だったらどうした」

「ここは俺たちの国だ。てめえらなんかの来ていい所じゃねえんだよ」

男がすぐさま剣を抜かなかったのは、相手がたったの六人でしかなかったこと、そして、それを率いるダルウィンが、自分よりも小柄な男だったからだろう。

ダルウィンは小さく溜息《ためいき》をついた。

「なあ、けちなこと言うなよ。俺たちがちょっと歩いたからって、あんたの国がごっそり削《けず》れちまうわけじゃねえだろ」

「黙れ！」

そのやり取りの間に、シャリースはじりじりと部下たちを移動させ、謎の一団へ近付けていた。様子を窺《うかが》うことは出来ないが、今頃はゼーリックも、別の角度から近付いてきているはずだ。

男たちの顔に、シャリースはざっと視線を走らせた。横にいたメイスレイに囁きかける。

「奴らの顔に、見覚えはあるか？」

もし相手がガルヴァの傭兵ならば、戦場で相見《あいまみ》えたことがあるかもしれない。メイスレイは目を眇《すが》めて、男たちをじっくりと観察した。

「……いや、無いようだ」

「俺もだ。だが、顔ぶれは、変わるもんだからな」

それにもちろん、彼らといえども、敵の傭兵隊全てを知っているわけではない。

計画通り、ダルウィンら六人は、じりじりと後退している。敵を両側から挟む位置にまでおびき寄せることが出来れば、そこで、罠《わな》を閉じることが出来る。

遂に、赤い髭の男が剣を抜いた。

それを合図に、傭兵たちは一斉に、敵へと襲い掛かった。

その途端、彼らにとっては、思いがけないことが起こった。男たちの半分近くが、悲鳴を上げて、元来た道を逃げ出したのである。

血みどろの死闘を覚悟していた傭兵たちは、呆気に取られて、それを見送ってしまった。戦略的撤退などというものではない。算を乱し、何人かは武器すら捨てて、死に物狂いの態《てい》で逃走している。

しかし残りは、その場に踏みとどまった。傭兵たちに周囲を取り囲まれながら、必死に剣を振り回す。足場の悪い戦場で、傭兵たちは素早く敵を打ち倒したが、すぐに、何かがおかしいということに気付いた。男たちは、素人《しろうと》だった。傭兵としての技量はおろか、剣の使い方も覚束ない。正規軍兵士としての訓練すら、受けたことがないらしい。

不器用に振りかぶられた剣を受け止めながら、シャリースは困惑して、相手を見やった。相手は明らかに、軍人ではない。では何故、武器を手に徒党を組んで山に入り、エンレイズ人を襲ったのか――。

突き出された剣の切っ先を、シャリースは反射的に、自分の剣で払い退《の》けた。生け捕りにして、どういうことか説明させようという考えが頭を掠《かす》める。

しかし次の瞬間、剣に重い手ごたえが伝わった。

恐らく心臓を貫かれたのであろう男が、彼の剣からずるりと地面に崩れ落ちる。シャリースは舌打ちした。あろうことか向こうから、彼の剣の切っ先に飛び込んできたのだ。

だがまだ、手遅れではない。敵の殆《ほとん》どは、逃げ出すか、あるいは血を流しながら地面に横たわっているが、まだ、立って戦っている者もいる。

「ゼーリック！」

今まさに、敵の喉《のど》を切り裂こうとしている年嵩《としかさ》の傭兵に、シャリースは呼び掛けた。

「そいつを生かしておいてくれ！」

返事はなかったが、声は聞こえていたらしい。

ゼーリックの剣はあっという間に敵の剣を絡《から》め取り、森の中へと弾《はじ》き飛ばした。熟練の兵士らしい、鮮やかな技だ。啞然《あぜん》として立ち竦《すく》んだ男に、後ろからセダーが組み付き、地面へと押し倒す。背中に伸し掛かり、逃げられぬよう腕をぎりぎりと捻《ね》じ上げながら、若者は指示を仰ぐように、シャリースを見上げた。

無傷でその場に留まっているガルヴォ人は、もはや一人だけとなった。よく見れば、最初にダルウィンを殺そうとした、赤い髭の男だ。うつ伏せに押さえつけられながらも、必死に頭を上げようとしている。狼狽《ろうばい》と恐怖の浮かんだ目が、仲間の返り血を浴びて目の前に立つ傭兵隊長へと向けられていた。

「さて、ようやくゆっくりと話が出来るな」

男を真っ直ぐに見下ろして、シャリースは殊更《ことさら》冷たい声で言った。周囲を警戒しながら、傭兵たちは押し伏せられたガルヴォ人を取り囲んだ。男の顔から血の気が引く。

「助けてくれ……！」

搾《しぼ》り出すように叫んだ男に、シャリースは唇《くちびる》の端を上げてみせた。

「助けてやるとも。おまえが何故、俺たちに喧嘩《けんか》を吹っかけたのか、その理由を素直に吐けばな」

男は躊躇うように視線をさまよわせた。セダーの手に力が入る。赤い髭の中から、短い悲鳴が漏《も》れる。

「……そうしろと、言われたからだ」

やがて、男は観念したように白状した。シャリースは目を眇めた。

「具体的には、何をどうしろと?」

「エンレイズ人のならず者が、国境を越えて俺たちの村を荒らしに来てるから、剣で脅して追い払えと……」

「——確かにそいつは、由々《ゆゆ》しき事態のようだな」

ゼーリックが真面目な顔でうなずく。シャリースはそれを無視した。問題は、村人に、そんな嘘の情報を流した人間の方だ。

「それは、一体誰の指示だ」

頭上から投げ掛けられた問いに、ガルヴォ人は首を捻じ曲げた。

「役人だよ」

「そいつの名前は?」

「……知らねえ。役人は役人だろ?」

赤い髭の男は、戸惑ったような顔になった。彼にとって役人というものは個人ではなく、権力の一形態ということなのだろう。権力者の言葉は絶対で、従う以外に選択肢は無いのだ。エンレイズにも、同じような感覚の人々は幾らでもいる。

だがシャリースは、それほど純朴ではなかった。そもそもその役人とやらは、本当に、自分で名乗ったとおりの身分なのだろうかと思案する。

「それで? そいつの言うことを信じて、素直に武器を持ち出して盗賊退治に来たのか？　その結果、死んでも構わなかったっていうのかよ？」

彼は片手で、点々と転がるガルヴォ人の死体を指した。幾ら売られた喧嘩だったとはいえ、素人を殺してしまったのだ。彼としても、いい気持ちはしない。

赤い髭の男は、唇を引き結んだ。

「……首尾よくいったら、金をくれると……」

「金か」

「そ……それに、役人は、あんたらがそんなに強いだなんて、一言も言わなかったんだ……」

「……」

黙り込んだシャリースに、ガルヴォ人が、縋《すが》るような眼差《まなざ》しを向ける。

「なあ、助けてくれるって言ったよな？」

「どうする？」

シャリースの隣で、ダルウィンが、意地の悪い笑みを浮かべる。

「こいつは俺を殺そうとしたんだぜ」

幼馴染《おさななじみ》のために、少しだけ考える振りをしてから、シャリースは肩をすくめた。

「まあいいさ。どうせもう、何人も取りこぼしてる。こいつ一人殺したところで、口封じにはならんからな」

男がほっと身体の力を抜く。それを見下ろしながら、シャリースはさりげない口調で尋ねた。

「ところで、おまえ、モウダーやエンレイズに行ったことはあるか？」

男はしかし、かぶりを振った。

「いや……俺は生まれてからずっと、この辺で暮らしてて……」

つまり、この男に、この国から抜け出す道案内をさせることは出来ないということだ。落胆はしたが、シャリースはそれを押し隠した。

「そうかよ。じゃあ、もうお前に用はない」

セダーがようやく、男の上からどいた。肩を擦《さす》りながら、赤い髭の男は、そろそろと立ち上がった。力無げに自分を取り囲む傭兵たちを見回す。

シャリースは片手を振った。

「とっとと行け。二度と、俺たちにちょっかい掛けようなんて、馬鹿なこと考えんなよ」

男はじりじりと後退《あとずさ》りした。仲間たちの死体に改めて目を向け、それから向きを変えて、よろめきながら走り出す。

「役人だってよ」

それを見送って、ダルウィンが首を傾げた。

「……つまり、国が関与してるってことか?」

シャリースは鼻を鳴らした。

「恐れ多くもガルヴォの国王陛下が、直々に、俺たちをここまでおびき寄せて、叩き潰《つぶ》そうとしてるって? それは、自惚《うぬぼ》れが過ぎるってもんだろうよ。生憎《あいにく》俺たちは、そんな大物じゃねえ」

顎《あご》を擦《こす》りながら、彼は考え込んだ。

「それにしても、おかしな話だよな。昨日のガルヴォ兵どもは、〝入り込んできたエンレイズ軍〟を狙ってた。さっきの奴らは、俺たちをならず者だと信じてる。どっちも、狙いは俺たちらしいが──どういうことだ」

ダルウィンが横目で、幼馴染を見やる。

「昨日、おまえが盗賊の振りなんかしたからじゃねえのか?」

「無理に辻褄《つじつま》を合わせる必要はないのかもしれないぞ」

剣を丁寧《ていねい》に拭《ぬぐ》って鞘《さや》へ収めながら、ゼーリックが口を挟む。

「その役人てのが、俺たちに個人的な恨みを抱いているのかもな──正規軍の奴らとは別に。残念ながら、心当たりは幾らでもある」

ダルウィンは肩をすくめた。

「それにしても、剣の使い方も知らないど素人に俺たちを襲わせて、一体どうしようっていうんだ？」

「どうなんだよ、おい？」

シャリースが鋭い視線を向けた先は、後方に控えていた少年だった。チェイスとダルウィンに挟まれ、マドゥ＝アリとエルディルに退路を塞《ふさ》がれて、呆然と立ち尽くしている。ゆっくりと部下たちの間を通り抜け、シャリースは、パージの前に立った。

「——一体どういうことなのか、ぜひとも説明してもらいてえな」

長身の傭兵隊長に冷ややかな目で見下ろされ、少年の身体が固く強張《こわば》る。

「説明って……？」

囁くような声で問い返す。視線は、シャリースと、そして地面に横たわる死体との間をさまよっている。

「ここに俺たちを連れてきたのはおまえだ。そしてそこに都合よく、奴らがやってきた。疑わない方がおかしいだろうよ」

「僕は……」

パージの声が今にも泣き出しそうにわなないた。彼は真っ直ぐに、シャリースの目を見返した。

「僕は、嘘なんかついてません。旦那様に言われて……グロームさんたちを迎えに行けと……」

「じゃあ、その旦那様が、俺たちを罠に嵌《は》めようとしてんのかよ」

少年の目尻に涙が浮かぶ。

「そんなはずはありません……だ……旦那様は、本当に、助けを求めて……」

「じゃあ何で、行く先々に、俺たちの心臓を抉《えぐ》り出してやろうっててぐすね引いてる奴らが現れるんだ?」

畳み掛けられて、パージの全身が震え出す。

「僕……僕には判りません……」

遂に少年は泣き出した。シャリースは鼻白んで、それを見下ろした。だがもちろん、子供を泣かしたと、隊長を非難する部下はいない。誰の胸の中も、疑惑と不安で一杯だ。

傭兵たちは、黙って顔を見合わせた。


数多くの戦場を戦い抜いてきたバンダル・ドーレンも、ガルヴァ国内へ足を踏み入れるのは、これが初めてだった。

モウダーとガルヴァの国境の大分手前で、彼らは、軍服を脱いでいた。バンダル・アード＝ケナードの面々とは違い、彼らは、自分たちの位置を把握している。国境を越えなければならないことも、予め判っていた。彼らは地図を見ながら、先行するバンダル・アード＝ケナードとほぼ同じ道を進み、そして国境に辿《たど》り着いたのである。

「そろそろ国境です」

地図を持つ部下から報告を受け、隊長のラブラムは素っ気なくうなずいた。

「そうか」

「……本当に行くんですか?」

躊躇いがちに尋ねられ、ラブラムは、相手へ厳しい視線を送った。

「元より、そのつもりだ」

部下は口元を引き締めた。

「判りました」

緊張しているのがその部下一人でないことは、ラブラムも承知していた。国境を越え、敵国へ潜入するのに、楽天的な気分でいる者はいないだろう。彼自身、言いようのない不安に胸を満たされている。

だが彼らは既に、仕事を引き受けていた。場合によってはガルヴォ国内に出向かなければならないであろうことは、最初から承知していたのだ。バンダル・ドーレンを雇った男は、彼らが直面するであろう困難について語った。それから彼らの前に大金を積み、出発する前に、金の一部をガルヴォの貨幣《かへい》に交換しておくべきだとまで言ったのだ。

危険な仕事を、ラブラムはそれと承知で引き受けた。殆ど迷いもしなかった。積み上げられた大金を、喉から手が出るほど求めていたからだ。

それに、うまく行けば、バンダル・アード＝ケナードを、モウダー国内で捕まえられるかも知れないという見込みもあった。ジア・シャリースは、その若さに似合わず手強い男だと評判だったが、捕まえさえすれば、交渉の余地は十分にあると、ラブラムは考えていたのだ。バンダル・アード＝ケナードが、これから何をさせられようとしているのか、それを教えてやれば、ジア・シャリースも喜んで、ラブラムの求めるものを差し出してくれるはずだった。

だが、バンダルの中に病人が出たことで、彼らの歩みは遅くなった。

ラブラムの計画は頓挫《とんざ》し、バンダル・アード＝ケナードは、ガルヴォの国境を越えてしまった。バンダル・ドーレンもまた、困難な仕事に立ち向かうことを余儀なくされたのである。

彼らは黙々と距離を稼《かせ》いだ。そして国境を越えた日の夕方、彼らは、前方の上空で、鳥が騒いでいる光景を目撃した。

鳥たちの下に何があるのかを、彼らはその瞬間に察した。死体だ。群れて飛び回る鳥たちの姿は、これまでにも、幾度となく目にしてきたものだった。

「隊長、ありゃあ……」

片手をかざして日差しを遮《さえぎ》りながら、傭兵の一人が呟く。ラブラムはうなずいた。

「調べに行くぞ」

ここはガルヴァだ。あの鳥たちに死肉を漁《あさ》られているのは、バンダル・アード＝ケナードの傭兵たちかもしれない。

もしそうなら、自分たちの仕事は、思ったよりも簡単に片付くかもしれない。

彼らは、鳥たちの群れを目指した。近付くにつれ、馴染《なじ》み深い、しかし不快な臭いが漂《ただよ》ってくる。

彼らは先を急いだ。

戦場は、悲惨な有様だった。

一つとして、元の姿を留めている死体はない。

鳥たちはそれぞれ、存分に腹を満たしたようだ。

幾つかの死体には、獣《けもの》に食い荒らされた跡もあった。腸《はらわた》が引きずり出され、食い千切られている。

だが彼らが見たのは、エンレイズの傭兵の黒い軍服ではなく、ガルヴァ軍の臙脂《えんじ》色の軍服だった。

ラブラムは眉《まゆ》をひそめた。部下たちを振り返る。

「念のため、死体を調べる」

抗議の声を上げ掛けた者がいたとしても、襲い来る死臭が、その口を塞いだ。傭兵たちは戦場に散って、死体やその持ち物を確かめた。食事の邪魔をされた鳥たちが、やかましく鳴き立てる。

ラブラムは、足元に転がったガルヴァ兵の死体を眺めた。

喉を切り裂かれて、兵士は死んでいた。鳥たちに突かれてはいたが、それ以外に外傷は無いようだ。鮮やかな手並みだ。別の死体は、心臓を一突きされたようだ。

他の死体を調べた部下たちからも、同じような報告がなされた。ここでガルヴァ軍と戦い、死体を転がしたまま立ち去った者たちは、間違いなく、人殺しに慣れている。おまけに、殆どの死体から、金目のものが奪われている。

「……奴らだな」

呟いたラブラムに、部下はうなずいた。バンダル・アード＝ケナード以外に、こんなことをしてのける輩《やから》は思い当たらない。

「追いつけますかね？」

邪魔な人間たちがようやくどいたことで、鳥たちが再び餌場に舞い降りてくる。それを見ながら、部下は眉を寄せた。死体の様子からして、バンダル・アード＝ケナードがここから立ち去ってから、少なくとも丸一日以上が経過している。

ラブラムは唇を引き結んで顎を引いた。

「我々の読みが当たっていればな」

そして彼は、懐《ふところ》に手を入れて、仕舞ってある財布に触れた。中には、ガルヴォの金が入っている。

「そろそろ誰かを見つけて、道を尋ねることにしよう」

パージは結局自分の言葉を翻《ひるがえ》さず、シャリースは遂に、少年への追及を諦《あきら》めた。

どちらにせよ、戻る道は無いも同然なのだ。そして、パージの話は、どこを突いてみても矛盾《むじゅん》がなかった。もし彼が嘘をついているのだとすれば、彼は天才的な頭脳と、類稀《たぐいまれ》な想像力の持ち主なのだろう。しかしシャリースの目には、むしろ逆のように見えた。少年は正直で、そして、あまりにも無知なのではないかと。

今やバンダル・アード＝ケナードの全員がパージを見張っている。しかし少年は、それを苦にすることなく歩き続けた。

彼らの雇い主であるナーヴィスは、ガルヴォ人に軟禁されているのだと、パージは道々、横を行く傭兵隊長に語った。

「時々旦那様のところにやってくるガルヴォ人の偉い人と、旦那様が、何か、口喧嘩を始めたんです」

主人が軟禁されるに至ったときの様子を、パージはそう説明した。シャリースは少年の口から、少しでも多くの情報を引き出そうとした。

「口喧嘩？　どんな？」

「判りません。僕は離れた所にいたんです。でもその次の日に、ガルヴォの兵士たちがお屋敷を取り囲んで、誰も出られないようにしちゃったんです」

「でも、おまえは出てきたよな」

シャリースは指摘した。

「それに、グロームも」

パージはうなずいた。

「グロームさんは、旦那様とガルヴォ人が喧嘩になった、その日の夜にお屋敷から出たんです。多分旦那様は、兵士たちが来ることを知ってたんだと思います。それで、グロームさんたちに、助けを呼びに行かせたんです」

少年の言葉を聞き咎《とが》め、シャリースは眉を跳ね上げた。

「たち？　他にも誰かいたのか？」

「ええ、召使いの男の人が一人」

そんな話は初耳だ。肩越しに、シャリースは背後を振り返った。グロームが最初に雇った若者を捜す。

「知ってるか、セダー？」

セダーはしかし、かぶりを振った。

「いいや。俺と初めて会ったとき、彼は一人だった」

「仲間がいたという話は？」

一瞬、セダーは考え込んだ。

「――そう、ちらりと聞いた気がするな。最初は道連れがいたが、途中で死んだようなことを」

「死んだ？」

その隣を歩いていたノールが、気遣《きづか》わしげな顔になる。

「病気か？　それとも誰かに殺されたのか？」

「さあ……詳しいことは聞いていない。話したくないようだったから、俺も放っておいた」

それは、傭兵たちにとっても納得のいく説明だった。グロームと過ごしたのは僅《わず》かな時間だったが、その間、グロームは、自分が雇った傭兵たちは元より、セダーとすら、殆ど話をしなかったのだ。そしてセダーもまた、話好きとはいえない。二人きりのときは、さぞかし静かな旅だっただろう。


シャリースは少年を見下ろした。

「……それで？　おまえはどうやって、屋敷から出てきたんだ？」

「塀《へい》の隙間から」

パージは両手を、肩の幅ほどに広げてみせた。

「これくらいの隙間が、お屋敷の塀に空いてるんです。僕は身体が小さいので、その隙間から抜け出せました。大人の人は無理だったんで、僕が、グロームさんたちがどうなったか、確かめに来たんです」

こんな子供にまで危険な役目を負わせるほど切羽詰っているのだったら、と、シャリースは内心で密かに考えた。もしかしたら、ナーヴィスという名の商人は、今頃屋敷から連れ出されてガルヴォ軍に拘束されているか、あるいは、既に、首と胴が離れてしまっているかもしれない。その場合、後金をもらうどころか、彼ら自身の身も危うくなう。

る。

しかしその可能性については、思い煩《わずら》っていればきりが無い。

二日後、彼らは、大きな町を見下ろす山の頂きに到着した。

町の様子は、木々の間から見下ろすことが出来る。傭兵たちは警戒しつつも、好奇心に負けて、見知らぬ町を見下ろした。

ガルヴォの町は、全体的に白っぽく見えた。

ガルヴォ人たちは、家を建てるのに、木材よりも石材を多く使うからだ。それは、傭兵たちも、知識としては知っていた。だが、実際に目にするのは初めてだ。

町の中央を、一本の広い道が貫き、その周囲に、四角い作りの建物がひしめいている。中心部の道に近い辺りには、広い敷地を持つ屋敷もちらほらと見える。四角い庭は、豊かな緑に覆《おお》われていた。

しかし、中心から離れるにつれ、白い建物は小さく、いびつになり、家と家の間隔も狭くなっている。

「旦那様のお屋敷はあれです。あの、一番手前にある、灰色の塀の」

身を乗り出して、パージが指差す。それを見つけ出すのは、難しいことではなかった。町から少しばかり距離を置いた場所に、大きな屋敷がぽつんと建っている。彼らの潜む山から、一番近い場所だ。

そして、その塀の周囲には、彼らから見えるだけでも二十人ほどの兵士が配置されている。灌木《かんぼく》が塀の周辺を覆っているが、身を隠す役には立ちそうもない。こちらを向いている裏門は小さかったが、三人の兵士がそこを固め、すぐ近くに別の兵士もうろついている。表門は、町のほうを向いているのだろう、その様子は判らないが、当然、裏門以上に警備が厳しいはずだ。

「……これは、力ずくで押し入るわけにはいかねえようだな」

ざらつく顎を撫《な》でながら、シャリースは目を眇めた。

「あそこにいる奴らを一気に仕留めるのは無理だ。助けを呼びに行かれちまったら、俺たちは、ここに骨を埋めることになる」

「それも、正体がばれなければの話だな」

ダルウィンが後ろから、茶化すように言った。

「もし俺たちがエンレイズの傭兵だと知れたら、きっと、生きたまま、生皮剝《は》がれちまうぜ」

傍らで、ゼーリックがうなずく。

「そしてそれを、ガルヴォ人たちは、金を払ってでも見物したがるだろう」

不吉な予想に、傭兵たちが一瞬黙り込む。しかしメイスレイだけは、馬鹿にしたように鼻を鳴らした。彼にとってガルヴォ人は、憎しみと軽侮《けいぶ》の対象だ。彼ならば、たとえそんな目に遭《あ》おうとも、見物人の顔目掛けて、正確に唾《つば》を吐き掛けるだろう。

シャリースは改めて、雇い主がいるとされる屋敷を見下ろした。

彼らにとって幸いなことは、屋敷が町外れに建っており、ガルヴォ軍の兵士たち以外、人目がないという点だ。町なかであれば、近付くことはおろか、いつどこから誰に見られているか判らないが、この屋敷に関しては、それを心配する必要がない。つまり、一時でも兵士たちの目を逸《そ》らすことが出来れば、侵入する機会はあるということだ。

「あいつらの目をちょいとばかり誤魔化すことが出来たとしたら、どこか、俺たちでも忍び込めそうな場所はあるか？」

傭兵隊長の問いに、パージは少しばかり考えた。

そして、屋敷の東側を指差す。一本の木が塀の外側に立っており、枝を、屋敷の敷地にまで伸ばしている。

「……あそこの木をうまく登れれば、中に飛び降りられます」

疑わしげに、シャリースはその木を見つめた。

「俺が登っても大丈夫か？　枝が折れやしないだろうな？」

「大丈夫だと思います。お屋敷の庭に伸びてる一本は、結構太くて……」

「ちょっと待て、シャリース」

パージを遮って、ダルウィンがシャリースの肘《ひじ》を摑《つか》む。

「まさかおまえが自分で行く気か？」

シャリースは肩をすくめた。

「雇い主と交渉するんだ、俺が行かなきゃ話にならねえだろ。それとも今ここで、誰か、俺の代わりに隊長になってくれんのか？」

ダルウィンの眉間《みけん》に、深い皺《しわ》が刻まれる。

「――罠だったらどうする」

「金切り声でも上げるかな」

シャリースの冗談は、しかし、部下たちには受け入れられなかった。懸念《けねん》の声がそこここから上がる。

確かに、これが仕組まれた罠だというのは十分有り得る話ではあった。だがその可能性に拘《こだわ》っていたのなら、彼らは今、ここにはいなかったはずだ。恐らく、中からの協力無しで侵入の機会を作れるのは、一度きりだろう。ならば、それに賭けるしかない。

「俺が戻らなかったら、その時は真っ直ぐ逃げろ。ゼーリック、頼むぜ」

年嵩の傭兵は、それについては返答を避けた。その代わり、彼は口髭を丁寧に撫で付けながら、問題の屋敷を見下ろした。

「入るのはいいが」

その目はじっと、屋敷の周囲を固める敵兵たちに注《そそ》がれている。

「どうやって出る？」

彼と並んで、シャリースも同じものを見下ろした。

「……そこはちょっと、小細工が必要なようだな」


バンダル・ドーレンは、腐臭漂う戦場跡から抜け出し、炊事の煙を頼りに、人の住んでいる場所を探した。

彼らの持つガルヴォの地図は、国境付近の山岳地帯に関しては、極めて曖昧《あいまい》だった。この辺りの集落は小規模で、地図にわざわざ描き入れるほどの意味がないと見做《みな》されているのだろう。そして国境付近の道筋を詳しく記さないのは、敵の手に渡って利用されるのを警戒しているためだ。道を知らぬ余所者《よそもの》は、案内人を雇うか、住人を味方につけるしかない。

幸いラブラムは、敵国の言葉をかなり正確に話すことが出来た。その上、彼の懐には、ガルヴォで流通している金がある。この二つさえ揃《そろ》っていれば、彼らはガルヴォ人と取引を始めようとしているモウダー人の商人と、その護衛で通用するはずだ。もちろん危険はあるが、誤魔化しきれなければ、相手の口を力ずくで塞ぐ覚悟は出来ている。

しかし実際には、そう面倒なことにはならなかった。

丸い銀貨の煌《きらめ》きが、彼の言葉以上に、ガルヴォ人の心に訴え掛けたのだ。山あいの村に住む人々も、金の価値はもちろん承知している。

薪を背中一杯に背負った男は、すぐそこの村に住んでいると言った。武装した見知らぬ男たちの姿に度肝《どぎも》を抜かれた様子ではあったが、逃げ掛けた足は、ラブラムが取り出した銀貨を見た瞬間に止まった。挨拶《あいさつ》代わりにと渡されたそれを、いそいそと受け取る。

「この辺りに入り込んだという、エンレイズ人を捜しているんだが」

掌《てのひら》に載せた銀貨を愛しげに眺めていた男は、ラブラムのこの言葉に顔を上げた。眉間に、深い皺が刻まれる。

「例のならず者かい？　あんたらも、被害に遭ったのか？」

何を言われたのか判らず、ラブラムは内心で面食らった。だが、違うと言えば、また話がややこしくなる気がした。敵国に入りたがるエンレイズ人が、そう多いとも思われない。話を合わせることにして、ラブラムは無表情のままうなずいた。

「そうだ。もし奴らに会ったら、思い知らせてやらねばならないと思ってる。そのために、こいつらを雇ってきた」

部下たちを指し示す。善意に満ちたガルヴォ人は、溜息をつきながらかぶりを振った。

「やめといた方がいいと思うがねえ」

「何故だ？」

男の掌で、銀貨がゆっくりと回る。

「昨日聞いた話によると、賞金目当てでエンレイズの盗賊どもを退治しに出かけた、隣村の無鉄砲な若い衆がな、まんまと返り討ちに遭ったってことだ。何人も殺されちまったらしい。相手は、滅法強い連中だったって話だ。でもまあ、まだ、どこかの村が襲われたって噂《うわさ》は聞かないがな」

その盗賊がバンダル・アード＝ケナードだという可能性は十分にあると、ラブラムは考えた。だとすると、どうやら彼らとガルヴォ人との間には、大いなる誤解が生じているようだ。

しかし今のところ、確証があるわけではない。

「その、返り討ちに遭った連中の住んでいる村はどっちだ？」

銀貨を指先で撫でながら、男は道を教えてくれた。ラブラムはその礼にもう一枚銀貨を渡し、大袈裟《おおげさ》な感謝を受けた。

数時間後、バンダル・ドーレンは、目的の村に着いた。

彼らは森の木々の陰から、村の様子を窺った。最初に出会った男の言ったことが本当だったのは、すぐに判った。

村では葬式が執り行われていた。広場ともいえぬ狭い空き地に、布の包みが幾つも並べられている。中身は死体に違いない。それぞれの上に、野に咲く花が捧げられている。

働き手を失った家族が、死体の脇で涙に暮れていた。隣人たちが、その肩を抱いて慰《なぐさ》めの言葉を掛けている。集落全体が、重苦しい雰囲気に包まれている。

「おまえたちはここで待っていろ」

ラブラムは部下たちに命じた。

「絶対に、姿を見られないようにな」

彼は、一人で話を聞きに行くつもりだった。しかし、彼が村に向かおうとするや、即座に反対の声が上がる。

「幾らなんでも危ないですよ、隊長」

部下の一人が、彼の腕を摑んで引き止める。

「そりゃあ、人が殺されたばかりの村に、俺たち全員で押しかけたら、ややこしいことになるのは判ってますけど——せめて何人かは連れてってくださいよ」

「一人でなければ意味は無い」

ラブラムはきっぱりと言った。

「あの村の住人は、疑心暗鬼になっている。剣を提《さ》げた余所者というだけで、神経を尖《とが》らせるだろう。五人で行けば、有無を言わさず殺されるかもしれない。全員で行けば、村人を皆殺しにする羽目になる。だが、たった一人の男なら、たとえ武器を持っていようと、さほど危険には思われないはずだ」

「……」

部下たちは黙り込んだ。結局渋々《しぶしぶ》、隊長の言葉に従う。

そしてラブラムは、一人で、村の中へと足を踏み入れた。村人たちの胡散《うさん》臭そうな視線が、彼の全身に突き刺さる。

しかし、彼を無理に追い出そうとする者はなかった。ラブラムは、葬儀の場に進んだ。そこにいた全員が、息を呑んで、彼の一挙手一投足を見守る。ラブラムは落ち着いて、その眼差しを受け止め、不穏な空気に気付かぬ振りを通した。

葬儀を取り仕切っていたのは、白い髪の老人だった。

ラブラムは彼に近付き、礼儀正しく、悔やみの言葉を述べた。

「話を聞いた」

彼は沈痛な表情を作って言った。

「まったく気の毒なことだ。よければ、これを収めてもらいたい」

遺族の生活の足しにと、ラブラムは幾許《いくばく》かの金を渡した。老人は不審そうに眉を寄せたが、金を拒みはしなかった。

ラブラムは、モウダー人の商人であると自己紹介した。

「小耳に挟んだところによると、エンレイズ人にやられたのだとか」

地面に一列に横たえられた死体を、ちらりと見やる。

「その時の話を聞きたいんだが」

「なら、あいつに訊《き》くといい」

老人が、広場の一隅《いちぐう》を指し示す。赤い髭を蓄《たくわ》えた男が、木の長椅子にぼんやりと座って、こちらを見ている。

「あいつも一緒に行ってたんだ。鬼畜みたいなエンレイズ人と、話もしたらしい。あいつが一番詳しいだろうよ」

礼を言って、ラブラムはその場から離れた。赤い髭の男に近付く。

相手はラブラムの姿に、一瞬怯えた顔になった。しばしの間まじまじと、ラブラムのいかつい、灰色の無精《ぶしょう》髭に覆われた顔を見つめる。ラブラムは、自分が彼を襲った一味の人間ではないということを、相手が納得するまで、辛抱強く待った。

「……あんた誰だ、俺に何の用だ」

ようやく、赤い髭の男が言葉を発する。声が微《かす》かに震えている。

「……座ってもいいか？」

ラブラムの穏やかな問いに、相手は一瞬躊躇ってから、自分の隣を目で指さした。ラブラムは、男と並んで腰を下ろした。モウダー人だと名乗ると、男の表情はやっと和らいだ。

ラブラムは単刀直入に切り出した。

「あんたがエンレイズ人と戦ったときの話を聞きたい」

「……」

「もちろん、礼はする」

黙り込んだ相手へ、すかさず、白く輝く銀貨を取り出してみせる。その美しい金属は、ここでも、ガルヴォ人の口を軽くした。

ラブラムは赤い髭の男の話に、注意深く耳を傾けた。

「――あいつら狡猾《こうかつ》だった。最初から罠張ってやがったんだよ」

男はそう主張した。

「俺たちだって馬鹿じゃない、やばそうだったら、ちゃんと作戦を練《ね》ろうと思ってたんだ」

つまり、この男と仲間たちは、周囲の状況を確かめることすらせず、まんまと罠に嵌まったということらしい。その事実はしかし指摘せず、ラブラムは先を促《うなが》した。

「……ところが?」

「そう、最初に現れたのは、たった五、六人だった。腑抜けたような面のちっせえ野郎が、べらべらと喋《しゃべ》って、俺たちを馬鹿にしやがってよ。黙らせてやろうとしたら、いきなり四方八方から、隠れてやがった野郎どもが、どっと俺たちに襲い掛かってきて――」

男の口調は次第に熱を帯びた。

百人を優に超す敵が怒濤《どとう》のごとくに押し寄せてきたと、彼は語った。全員が血に飢え、人殺しを楽しんでいたと。自分が助かったのは、運が良かったからだろうと。

どこまで真実なのだろうかと、ラブラムは訝《いぶか》った。話にかなりの尾ひれがついているらしいことは、冷静な聞き手ならばすぐに判る。話半分と考えておいた方が良さそうだ。

だが、聞き逃せない情報もあった。

ならず者を率いていた、背の高い金髪の男、彼がモウダーやエンレイズに通じる道を知りたがったこと、そして、男たちの後ろに見え隠れしていた、大きな白い獣――。

ラブラムは辛抱強く、男の話に最後まで耳を傾けた。襲撃の行われた場所についても、詳しく聞き出す。仲間の死体を回収しに行ったとき、ガル

ヴォ人たちは、敵の足跡も見ていた。襲撃者たちは、山を越えて、南西の方角に行ったのだろうと、男はラブラムに告げた。

礼を言って、ラブラムは立ち上がった。

「参考になった。俺も、あの辺りには気を付けるとしよう」

静かに村を去る彼を、引き止める者は誰もいなかった。広場ではまだ、女たちの啜《すす》り泣きの声が聞こえている。その一方、村外れでは、男たちが墓穴を掘り始めている。

息を殺して待ち受けていた部下たちは、ラブラムの無事な姿に安堵《あんど》の溜息をついた。

ラブラムは、赤い髭の男が語った話を、簡潔に彼らへ伝えた。敵の残忍さや人数、ガルヴォ人の戦いぶりなどについての話は、この場合何の役にも立たない。肝心なのは、敵の特徴を示す、幾つかの情報だ。

「法螺《ほら》話を差っ引いて聞くに、相手はバンダル・アード＝ケナードに、間違いないようだな」

部下たちもそれに賛同した。彼らは、バンダル・アード＝ケナードを知っていた。敵を罠に掛けるその手口、長身で金髪の隊長、そして、白い狼の姿があれば、それは、彼らと見て、ほぼ間違いない。

早速地図が持ち出され、場所の確認が行われた。

「……奴ら、大きな町に近付いて行ってるようですよ」

その推論に、バンダル・ドーレンの傭兵たちは静まり返った。彼らはエンレイズの傭兵だった。ガルヴォ人に正体を暴かれれば、無事では済まない。そして、周囲に敵が多ければ多いほど、生き延びられる見込みは少なくなる。出来れば、人目に付く場所へ出たくはないのだ。

しかしラブラムは、部下たちの反応にも、殆ど表情を動かさなかった。

「行くぞ」

短く言い置いて、歩き出す。

部下たちは黙って、その後に続いた。

6

ガルヴォ兵たちは退屈していた。

町外れの屋敷を取り囲み、ただそこに立っているだけの仕事だ。確かに、命の危険に晒《さら》されることは無い。激戦地となっているエンレイズの国境に送られることを考えれば、安全で楽な任務なのは間違いない。

だが、数日に一回、食料や日用品を運び込む商人の出入りを見張るだけの日々は、あまりにも単調だった。任務を放棄して息抜きに行ってしまうような不心得者が出なかったのは、ひとえに、彼らの上官が、常に厳しく目を光らせていたためだ。

屋敷の脇を通る道には、それなりに人通りもある。一人きりの旅人もいれば、荷馬車に商品を積んだ商人もいる。軍服を纏《まと》った騎馬の一団が通ることもあり、その時には、兵士たちも姿勢を正して、彼らが通り過ぎていくのを見送らなければならない。

一台の荷馬車が、彼らの方へゆっくりと近付いてきた。御者台には、野菜を商う男とその娘が座っている。町に住んでいる親子で、二日に一度は、商品を仕入れるためにこの道を通る。兵士たちにとっても馴染《なじ》みの顔だ。

　父と娘は、裕福ではなかった。娘の服は質素で地味だったが、彼女の若さと美しさの前では、粗末な衣装など問題ではない。自分に送られる兵士たちの熱い眼差《まなざ》しに、娘はいつでも、からかうような目配せで応えてくれる。それを一目見ようと、兵士たちは熱心に目を凝《こ》らす。

　反対側からは、黒い髭《ひげ》を生やした男が、ゆったりとした足取りで町の中心部へ向かっていた。兵士たちはそれを無視した。今まさに、荷馬車の御者台にいる娘が、彼らの横を通り過ぎようとしているのだ。

　黒い髭の男が、懐《ふところ》に片手を突っ込む。取り出したものを、彼は素早く、屋敷の方へ投げた。しかし、それを見ていた者はいない。

　軍服を着た兵士たちの食い入るような視線に、野菜商の娘はにっこりと笑ってみせた。見られることを楽しんでいるのだ。いつものように、茶目っ気たっぷりに片目をつぶってみせる。

　荷馬車はがらがらと音を立てて通り過ぎていき、兵士たちはうっとりとそれを見送った。それからのろのろと持ち場に戻る。

　一人が煙に気付いたのは、さらにしばらく経ってからだった。

「火事だ！」

　慌てふためいた叫び声に、兵士の半分がそちらへ駆けつけた。塀《へい》の周囲を囲む灌木《かんぼく》から、灰色の煙が広がっている。数人が、屋敷の裏門を開け、中へと駆け込んでいった。裏門のすぐ側《そば》に井戸があるのだ。

兵士たちの半数が鎮火に当たり、残りの者たちは、その様子を気にしながら仕事に戻った。恐らく、誰かがうっかり火口を落としたか何かしたのだろうと、彼らは考えた。だが、この混乱に乗じて、屋敷の中でも、何か動きがあるかもしれない。彼らは、中にいる者を外に出すなと厳命されていた。そのためだけに、彼らはこの屋敷に配置されているのだ。唯一の仕事に、失敗は許されない。

獣《けもの》の姿に気付くのが遅れたのは、恐らく、火と、開けっ放しの裏門の様子にばかり気を取られていたからだ。

白い獣が、一人の兵士に向かって矢のように突進した。声を上げる間もなく、兵士が地面へ押し倒される。隣にいた兵士が、悲鳴を上げながら飛びのく。

金色の目をした狼《おおかみ》は、仰向けに倒した兵士の胸を前足で踏みつけ、緩やかに尾を振りながら、もう一人を見やった。悲鳴を聞きつけた別の兵士が、塀を回り込んで走ってくる。そして、大きな白い狼が、仲間の上にのしかかっている光景に、凍りつく。

兵士たちがようやく我に返り、剣を抜いた時には、狼は素早く身を翻《ひるがえ》し、山の方へと駈け去っていくところだった。まるで、彼らを馬鹿にするためだけに、山からわざわざ降りてきたかのようだ。狼の行く手に人影を見たという者もいたが、それについては定かではない。

とにかく、怪我人《けがにん》は出なかった。狼に押し倒された兵士も、呆然とはしていたが、倒れた時に尻を打ちつけただけで済んだ。直ちに兵士の一人が屋敷の中に入り、そこにいるべき人間が、全員揃《そろ》っているのを確認する。

小火《ぼや》は消され、狼が再び現れることもなく、兵士たちは恐る恐る、元の配置に戻った。一応何事も無かったとはいえ、思わぬ出来事の連続に、全員が表情を強張《こわば》らせている。

屋敷から抜け出した者はいなかったが、侵入した者がいたのだということを、兵士たちは知らなかった。

臙脂《えんじ》色の軍服を着た兵士たちが屋敷の敷地から出て行き、周囲が再び静かになるまで、シャリースは辛抱強く待った。低木と塀の間に蹲《うずくま》り、息を殺したまま、塀の外の様子に耳を澄ませる。心臓が胸の中で、大きく波打っている。

パージの説明では、塀の外に生えている木から、枝を伝って庭へ降りられるとのことだった。確かにパージ本人は、その方法で、何の問題も無く、庭に降りられただろう。しかし張り出した枝は、シャリースの体重を支えるには、少しばかり細すぎた。身を乗り出した瞬間、枝が大きくしなるのを感じて、シャリースは内心泡を食った。結局無謀を承知で、庭に飛び降りざるを得なかったのだ。

塀の向こうから、一体何だったんだ、冷や汗を掻《か》いたと、そんな無駄口が聞こえてきたところで、シャリースはそろそろと立ち上がった。足を踏みしめ、どこも挫《くじ》いていないことを確かめる。

幸い、タッドが通行人を装って起こした小火と、エルディルの協力によって、彼は誰にも見咎《みとが》められることなく、屋敷に入ることが出来た。だが、本当に難しいのは、これからだ。

屋敷の作りは、パージに見取り図を描かせて、頭の中に入れてきてある。パージは自分が行って案内すると言ったが、シャリースは少年を、部下たちと一緒に山の中へ残してきた。子供を危険な目に遭《あ》わせたくないというのは、その理由ではない。足手まといになるのを恐れたからだ。

それに、彼はまだ、パージを全面的に信じたわけではなかった。

自分が、自分自身の人質であるという事実は、パージも知っていた。シャリースが丁寧《ていねい》に教えてやったのだ。もしこれが罠《わな》だったら、たとえ相手が子供であろうとも、傭兵《ようへい》たちは容赦なく、裏切り者の喉《のど》を裂くだろうと。

しかし、パージは怯《ひる》まなかった。

「あそこで、旦那様が、助けを求めて待ってるんです」

頑固《がんこ》に言い張る子供に、シャリースはうなずいた。

「それが本当ならいいんだがな」

今のところ、屋敷の中に、敵兵が待ち伏せている気配はない。

頭の中で屋敷の見取り図を辿《たど》りつつ、シャリースは庭から建物の中へと入り込んだ。足音を殺しながら、廊下を進む。屋敷の中は暗く、薄汚れていた。長い間、ろくに掃除もされていないようだ。天井からは蜘蛛の巣がぶら下がり、空気には埃《ほこり》の匂いが混じっている。

普段は召使いが集まるという厨房《ちゅうぼう》を覗《のぞ》いてみた。見知らぬ男の侵入に、悲鳴が上がるのを覚悟していたが、予想に反して、中には誰もいない。シャリースはざっと、その場所を見渡した。テーブルの上には、新鮮な野菜や豆の盛られた籠《かご》が置いてあり、貯蔵甕《がめ》の中には塩漬けの魚が詰まっている。誰かがこの屋敷にいる証拠だ。

厨房から出て、彼は二階へ上がった。人の気配を探りながら奥へと進む。この屋敷に入ってから、人を一人も見ていない。それは、不気味な事実だった。もしかしたら、この屋敷の住人は既に全員死んでいるのではないかと、嫌な想像が働く。

小さく、木の爆《は》ぜるような音を聞いた気がして、シャリースは足を止めた。

周囲を窺《うかが》いながら、耳をそばだてる。再び、炎の立てる、微《かす》かな音が聞こえてきた。忍び足でそちらに向かう。

パージが描いた見取り図によれば、そこは、主人の一家の居間のはずだった。扉の外から中の様子を探ろうとしたが、話し声や、人の立てる物音などは聞こえない。

一瞬だけ躊躇《ためら》い、シャリースは、扉を開いた。

「ひっ……」

短く息を呑んだのは、肘掛《ひじか》け椅子に座っていた中年の男だった。肘掛けを両手で摑《つか》んで、腰を浮かせる。

金の掛かった設《しつら》えの部屋だった。シャリースの正面には大きな暖炉《だんろ》があり、赤い炎がぱちぱちと音を立てながら躍っている。男が座っていたのもその脇だ。壁にはどっしりとした壁掛けが飾られ、敷き詰められた絨緞《じゅうたん》は分厚い。部屋の中央に置かれた丸いテーブルには金の象嵌《ぞうがん》が施《ほどこ》され、美しい飴色《あめいろ》に光っていた。揃いの華奢《きゃしゃ》な椅子が二脚、テーブルの両脇に添えられている。

暖炉を挟んで男とは反対側に、黒いドレスを身に纏った痩《や》せた女が座っていた。十歳ほどの少年を胸に抱き締めた彼女は、シャリースを果敢《かかん》に睨《にら》みつけている。

「……誰だ……！」

微かに震える声で、男が言葉を発した。額《ひたい》の禿《は》げ上がった、恰幅《かっぷく》のいい男だ。シャリースを真っ直ぐに見据《みす》えながら、肘掛けに縋《すが》り、ゆっくりと椅子に座り直す。怯《おび》えてはいたが、取り乱してはいなかった。もう、ある程度の覚悟は固めていたということだろう。

ガルヴォ語の問いに、シャリースはエンレイズ語で返した。

「ナーヴィスというのは、あんたか？」

それを聞いた瞬間、男の身体から、少しだけ力が抜けた。

「……そうだ」

シャリースは顎《あご》を引いた。これでようやく、グロームとパージを信用する気になった。扉を開けるまで、ここに敵兵が身を潜めて彼を待ち構えているという疑いを、捨て切れていなかったのだ。

「俺は、バンダル・アード＝ケナードの隊長シャリースだ」

彼は名乗った。

「モウダーで、グロームというじいさんに雇われた。俺のバンダルが、今、外で待機している」

「では、グロームとリベルは無事に、モウダーに入ったのね！」

喜びの声を上げたのは、傍《かたわ》らにいた女だった。茶色の髪をきちんと結い上げた彼女の顔は、心労にやつれていた。かつては美しかったのだとしても、過酷《かこく》な体験が、その容色を奪ってしまったようだ。だが、意志の強そうな目は、まだ力を失っていない。その腕に抱かれた息子は、母親によく似た、かわいらしい顔の少年だった。

「生憎《あいにく》だが、彼らは無事じゃないんだ、奥さん」

穏やかに告げられたシャリースの言葉に、女は、冷や水を浴びせられたような顔になった。

「……何ですって？」

「リベルとやらは、俺たちを見つけ出す前に死んだらしい。何があったのか、詳しいことは判らない。そしてグロームのじいさんも、ここに来る途中、ガルヴォ兵に殺された」

呆然たる顔になった一家を、シャリースは見渡した。そして言い添える。

「忠義者のグロームは、あんたたちを守るために死んだんだ」

ナーヴィスがぐったりと椅子にもたれかかった。片手で額を押さえ、呻《うめ》くように呟《つぶや》く。

「……何ということだ」

「それはこっちの台詞《せりふ》だぜ」

優しいとはとても言えぬ傭兵隊長の声に、ナーヴィスは、弾《はじ》かれたように顔を上げた。シャリースは上から、雇い主を見下ろした。

「あのじいさんは、行き先がガルヴァだなんて、一言も言わずに俺たちを引きずってきやがった。おまけに、ここに来る途中、俺たちの首を取ろうって連中が、どっさり待ち構えてるときた。こんな仕事、幾らもらったって割りに合わねえ」

「……」

傭兵隊長のやさぐれたような物言いに、ナーヴィスの目に焦《あせ》りが浮かんだ。両手を握り締める。

「――頼む、このままでは……」

「だが、来ちまったもんはしょうがねえ」

ナーヴィスを遮《さえぎ》って、シャリースは言葉を継いだ。

「グロームは俺たちを雇うとき、仕事が終わったら、後金として三百オウル払うと言った。あんたに、それを払う気はあるか？」

「――あるとも」

ナーヴィスは躊躇わなかった。即座に答える。

「私たち家族を無事にここから連れ出して、この国から逃がしてくれたら、間違いなく、三百オウル払うと約束する」

切羽詰った口調だった。彼が敵国で何をしていたにせよ、今、彼と家族が生命の危機に晒されているのは事実のようだ。三百オウルという大金も、彼にとっては、扱い慣れた額らしい。やはり、まともな商人とは思われない。

だがこの際、それは問題ではない。

「商談成立だな」

うなずいて、シャリースは改めて、室内を見回した。贅沢《ぜいたく》な調度を揃えていながら、うら寂しい印象は拭《ぬぐ》えない。

「ところで、ここには使用人はいないのか？」

「もう全員、解雇したの」

疲れたような口調で答えたのは、ナーヴィスの妻だった。

「ここはもう危ないから。皆、ここに来てから雇ったガルヴァ人だったから、すんなり出してもらえたわ。ここに閉じ込められているのは、エンレイズ人だけ――私たちだけよ」

「そうか、それじゃあ、話は早い」

シャリースはうなずいた。

「今すぐ荷物をまとめてくれ。自分たちの手で、運べるだけの物をな。山の中を進むことになる。必要最小限にしてくれ。もちろん食料も忘れるな」

「ちょっと待ってくれ」

ナーヴィスが慌てて立ち上がる。

「雇い主は私だ。私の財産を運ぶのも、君たちの仕事だろう」

「都合よく、俺たちの仕事を増やさねえでもらおうか」

シャリースは冷たく応じた。

「俺たちの仕事は、あんたたちをこの国から脱出させることだ。さっき自分でそう言ったろう？　俺たちにだって、出来ることと出来ないことがあるんだよ。あんたの全財産を担がされてたら、敵に襲われたとき、どうやって剣を振り回せってんだ」

「しかし……」

食い下がるナーヴィスに、シャリースは、片手を広げてみせた。

「ここでお宝を抱いて死ぬか、命がある内に逃げ出すか、月が昇り切るまでに選んでくれ。その頃には、俺の部下が、助けに来てくれることになっている」

「判ったわ」

決然と答えたのは、ナーヴィスの妻だった。彼女は立ち上がり、不服そうな顔つきの夫を真っ向から見据えた。

「ぐずぐずしている暇はないのよ、あなた。逃げるとしたら、これが最後の機会だわ。この人の言うとおりにして！」

どうやら、妻の方が冷静に物事を判断できるらしい。なおも反論しかけた夫の口を、彼女はひと睨みで塞《ふさ》いだ。

「あなたのご立派な彫刻や絵や家具が、山の中で何の役に立つというの？　そんなもののために死ぬのはごめんよ。あなたが嫌だと言うのなら、私はコーサルと二人で行くわ」

夫へそう言い渡し、息子をしっかりと抱き寄せる。息子のほうは口を開かなかったが、彼が母親の味方なのは明らかだ。

ナーヴィスは渋々《しぶしぶ》うなずいた。

「判った……」

シャリースは、息子を抱く母親に笑みを向けた。

「決まったんなら、荷造りを急いでくれ。何も、金や宝石まで捨てて行けとは言わない。そういうものなら、うちの連中も、喜んで運ぶのを手伝うだろう」

彼女は気丈な笑みを返し、部屋から出て行こうとした。母親に手を引かれていた少年が、それを引き止める。

丸い瞳が、長身の傭兵隊長を見上げた。

「パージは？」

小さな声で尋ねる。答えを恐れているかのような口調だ。恐らくパージは、この少年の、仲のいい遊び仲間なのだろう。

シャリースは顎で、山の方を指した。

「あの坊主は、今、俺の部下と一緒にいる。元気だ。俺がここまで来られたのは、パージのお陰だ」

コーサルと呼ばれた少年は、ほっとしたような笑みを浮かべた。母と息子は部屋から出て行き、ナーヴィスも、妻子の後を追っていく。

シャリースは居間に残り、窓からそっと、外の様子を覗いた。塀の外にいるガルヴォ兵たちは、ようやく少しばかり、身体の力を抜いたようだった。パージによれば、夕方に、交代要員がやってくるのだという。その交代要員が、彼らにとって本物の敵となる。

必要なものを準備するため、シャリースは階段へ向かった。途中、開け放たれたままの扉の向こうで、少年が、母親に言われるがまま荷物を詰めている光景が見えた。少年の表情は固く、真剣だった。自分が今、とてつもない危険に立ち向かおうとしていることを、彼は理解しているのだ。


まるで昔の自分を見ているようだと、シャリースはふと考えた。

彼が家族と共に故郷セリンフィルドを後にしたのは、十二歳のときだった。農場も、家も、家畜も、持てる財産の殆《ほとん》ど全てを捨ててこなければならなかった。彼らが望んだことではない。生きるためには、他にどうしようもなかったのだ。セリンフィルドを征服したエンレイズは、彼らに、到底払えるはずもない重税を課した。そこに住み続けることを選べば、いずれ飢え死にするしかなかっただろう。

しかし今となっては、その選択が正しかったのかどうか、定かではない。エンレイズのごみごみした町の片隅で、シャリースはまず兄を、次いで両親を病で亡くした。町にはびこった流行《はや》り病《やまい》が、彼から全ての家族を奪い去ったのだ。

僅《わず》かばかり残っていた最後の金は、彼らを埋葬するために支払われた。そして彼は、身一つで、傭兵になる道を選んだのである。

　当時バンダル・アード＝ケナードの隊長だった男が、彼と、同じく家族を亡くしたダルウィンを、同郷の誼《よしみ》だと引き受けてくれた。クライスという名のその男が、彼らの首根っこを摑み、厳しい訓練を課して、一人前の傭兵に仕込んだのである。

　そして数年前、シャリースを自分の後継者に指名して、クライスは傭兵稼業から足を洗った。今は、故郷であるセリンフィルドで暮らしている。

　もしあの時クライスに拾われていなければ、彼とダルウィンは、手っ取り早く強盗を働いて、生きるための金を得ようとしていただろう。そうなれば今頃は、牢に繫《つな》がれているか、もしくは処刑されて、屍《しかばね》を野に晒していたかもしれない。

　あるいは、稼《かせ》いだ金で、それなりに豪勢な生活を送っていたかもしれないが。

　傭兵稼業は強盗以上に、危険な仕事だ。自分が黒い軍服を身に着けるようになったことが、幸運だったのかどうかは判らない。しかし少なくとも、傭兵の黒い軍服は、エンレイズの法に守られている。そして大抵の場合、正規軍の兵士よりも大金を稼げる。

　だがそれでも、シャリースの胸には、二十年以上前、生まれ育った家を離れたあの日のことが、抜けない棘《とげ》のように残っていた。それは今でも時折鈍く疼《うず》いて、彼の気分を曇らせる。

　あの時、自分が十歳年長だったら、違う運命が彼を待ち受けていたのは間違いない。もしかしたら、エンレイズの悪法に立ち向かう術《すべ》さえ、考え出していたかもしれない。

　しかし、彼は子供だった。一人では何も出来ない悔しさを嚙《か》み締めながら、家族についていくしかなかった。

あの時と同じやるせなさを、彼は、黙々と逃亡の準備をしている少年の顔に見たと思った。

夜空には雲が掛かり、星はほとんど見えなかった。

月の微かな光だけが、雲を透かしてぼんやりと浮かんでいる。出来れば雨でも降ってほしいとシャリースは考えていたが、それは叶《かな》わなかった。だが、のんびりと天候の変化を待っている暇はない。自分たちの計画が、うまく運んでくれることを願うばかりだ。

日のあるうちに、彼は、パージが抜け出てきたという、塀の穴を見つけていた。

確かに、大人の男が通り抜けるには無理のある大きさだったが、幸い、下の地面は柔らかかった。そして外からは、穴は完全に灌木の陰に隠れている。音を立てぬよう気を付けさえすれば、地面を掘り、人が通り抜けられるだけの深さにまで穴を広げるのは、難しくはなかった。

夕方には、パージから聞いたとおり、町から夜番の兵士たちがやってきた。シャリースは表門の内側に身を潜め、交代する兵士たちの会話を盗み聞きした。

「誰かが、何か火の付いたものを落としたか、投げ込んだかしたらしい」

一人がそう説明している。

「迷惑な話さ。木が燃えて、塀が少し焦《こ》げちまった。だが、大したことはない――ああ、もちろん、確かめたさ。奴らは中にいる。そいつは心配ない」

山から突如現れて兵士を倒し、しかし何もせずに走り去って行った白い狼のことは、シャリースの予想に反して、話題には上らなかった。

エルディルの活躍があったからこそ、シャリースは屋敷の中に潜《もぐ》り込むことが出来たのだが、兵士たちは、あれが現実に起こったことだったのかどうか、確信が持てなくなってきたのかもしれない。白い狼は幻のように姿を晦《くら》まし、誰も、傷一つ負っていないのだ。夢でも見たのだと笑われれば、実際に大きな狼に押し倒された当の兵士でさえ、自分の正気を疑いかねない出来事だっただろう。

それは、シャリースにとっては好都合だった。敵兵たちの視線は、出来るだけ、山から逸《そ》らしておきたかったのだ。

太陽が完全に沈み、周囲が夜の闇に包まれると、兵士たちは表門と裏門の二箇所で火を焚《た》いた。門からの出入りを見張りながら、交代で暖を取るためである。二箇所が明るくなったお陰で、周囲の闇が一層濃くなったように感じられる。

兵士たちの目に付かぬよう気遣いながら、シャリースは、自分の進入経路となった木の脇に、内側から梯子《はしご》を立てかけた。外からの救援は、ここを伝って中に入ってくる手はずだ。明るい内に飛び降りた自分は、着地する場所を見定めることが出来たが、闇の中ではそれも難しい。内側から手を貸してやる必要がある。足を挫く者が出ては、計画が台無しだ。

その頃には、ナーヴィスと妻子も逃亡の支度を整え、緊張した面持ちで、時が来るのを待ち構えていた。

厨房に彼らを残し、シャリースは梯子の下で、月が昇るのを眺めた。塀の内側に、灯りはない。門の辺りが、微かに赤くなっているのが見えるだけだ。月の光も、今夜は、物を見る役には立たない。彼はただ息を殺し、耳を澄ませた。

やがて、町の方から、男たちの浮かれ騒ぐ声が近付いてきた。

相当酔っているらしく、皆、呂律《ろれつ》が回っていない。調子外れな歌をがなりながら、意味もなく笑い転げている。その騒がしさから、酔っ払いが、十人以上いることが窺える。

「よお、兵隊さんたち！」

不明瞭《ふめいりょう》なだみ声が怒鳴《どな》る。

「あんたらも一杯やらんか！」

「家に帰れ、酔っ払いども！」

兵士が苛々と怒鳴る。冷え込む夜半、自分が任に就いているとき、他人が気持ちよく酔っ払っているのを見るのは腹立たしいものだ。

「固いこと言うなよ、なあ！」

笑い声の中から、別の声が飛ぶ。

「今飲まねえで、いつ飲むってんだよ！」

兵士たちも負けじと喚《わめ》き返す。

「ここは酒を飲んで騒ぐ場所じゃない！　とっとと失《う》せろ！」

「痛い目を見ない内にな！」

「こっちはてめえらみたいに暇じゃないんだ！」

その掛け合いの最中、シャリースの見守る先で、上空の木の枝が微かに揺れた。

伸ばした足が、梯子を探り当てたらしい。黒い影が、殆ど音もなくそれを伝い降りてくる。続いて塀を乗り越えてきた影も、素早く地面に降り立った。

「――判ったよ、行きゃあいいんだろうが……！」

塀の外では酔っ払いたちが、興を削《そ》がれたと言わんばかりに唸《うな》り声を上げながら、町の方へと戻っていく。

「こっちだ」

囁《ささや》いて、シャリースは、二人の侵入者を屋敷の方へと導いた。酔っ払いたちの声は小さくなり、もう殆ど聞こえない。

酔っ払いに扮《ふん》した仲間たちに援護され、無事、屋敷に侵入を果たしたのは、ダルウィンとチェイスだった。

兵士たちは、去っていく酔っ払いの一団が、やって来たときよりも二人少なくなっていることには気付かなかったようだ。夜の闇の中では、幾ら焚き火の灯りがあったとしても、少し離れればもう、人の顔の区別も付かなくなる。元より人数など、数えてもいないだろう。

暗い庭を横切って、シャリースは二人を厨房に連れて行った。竈《かまど》に燃える炎によって、厨房の中は、暗い黄色に照らされていた。固い木の椅子に座っていたナーヴィスとその妻子が、入ってきた三人の男に、怯えた眼差しを向ける。

「ダルウィンに、チェイスだ」

シャリースは短く紹介した。

「もし計画がうまくいかなかった場合、あんたたちの代わりに死ぬことになってる」

ナーヴィスが小さく息を呑む。だが傭兵たちは、シャリースの言葉に頓着《とんちゃく》しなかった。二人とも、シャリースの悪い冗談には慣れている。

ダルウィンは無遠慮な眼差しで、雇い主の一家を眺めた。

「……それじゃあ、本当だったんだな」

傍らのシャリースに確認する。

「そうだ」

シャリースはうなずいた。

「そちらにおわすのが、我らが雇い主というわけだ」

ダルウィンは、素っ気なく顎を引いた。

「残りの金は？」

「払うそうだ」

「それなら、早いとこ済まそうぜ」

気楽な物言いは、まるで簡単な使いでも頼まれたかのようだった。シャリースは、きょろきょろと厨房の中を見回しているチェイスへ声を掛けた。

「準備はいいか？」

チェイスが、食べ物が入っているかも知れぬ棚から、視線を引き剝《は》がす。

「ノールたちが、もう、裏口の方に回ってます」

彼はそう報告した。

「マドゥ＝アリとエルディルが、俺たちの後ろを守ってくれるんで――後は、運次第っすね」

「よし」

うなずいて、シャリースは、椅子の背に掛けられていた白い布を取り上げた。長いスカートが広がるドレスは、もちろん女物だ。それを、チェイスに投げる。

「それを着ろ」

両手で受け止め、チェイスが嫌な顔になった。

「これっすか？」

「何だ、ドレスは赤の方が好みだったか？」

シャリースは片眉《かたまゆ》を上げてみせた。そのドレスは、ナーヴィスの妻ドリエラが出してくれたものだ。薄い色のものを、と注文したシャリースに、彼女は迷わずそれを選んだ。

「夜目にはそっちの方が目立つ。わがまま言わずに着るんだ」

隊長の命令に、チェイスは、不服そうな様子ながら、服の上からドレスを被った。

「……背中の紐《ひも》は、締めなくていいんすよね？」

袖に腕を通そうと四苦八苦しながら尋ねる。それを眺めながら、ダルウィンがにやりと笑った。

「女のドレスなんてものはなあ、チェイス、脱がしやすいのが一番なんだよ」

ナーヴィスとその妻が、場違いなこの発言に眉をひそめる。シャリースはそちらへ向かって、肩をすくめてみせた。

「悪いな。傭兵なんて、ごろつきの集まりでね」

　しかし息子のほうは、傭兵が母親の古いドレスを着ようと奮闘していることに興味津々《しんしん》だった。少年の視線に、チェイスはますます顔をしかめる。彼にも一応見栄はあるのだ。服を着たままの腕は、ドレスの細い袖に引っ掛かっている。

　シャリースはベルトに付けていたナイフを引き抜いた。

「どうせ誰も、おまえのドレス姿をじっくり拝みたいわけじゃねえんだ。すぐ脱げるようにしとけ」

　袖からナイフの刃を差し込んで、きつい袖を切り開いてやる。ようやくドレスを引き下ろして、チェイスは溜息《ためいき》をついた。裂けたドレスがだらしなく身体にぶら下がっているだけのひどい有様だが、闇の中ならば、これで十分誤魔化しが効くはずだ。


　全員の顔を見渡して、シャリースはうなずいた。

「行くぞ」

　彼らはそっと、厨房から外に出た。ダルウィンとチェイスは、シャリースが昼間掘っておいた抜け穴へと向かい、シャリースは、ナーヴィス一家を連れて裏門へと進む。

「何があっても、絶対に声を立てるな」

　シャリースは一家にそう言い渡した。

「居場所がばれたら終わりだ。転ぼうが、誰かとぶつかろうが、声だけは出すな。いいな？」

　闇の中でも、ナーヴィスの一家が、神妙にうなずいた気配が判る。

　彼らは手探りで、裏門に辿り着いた。門には外から閂《かんぬき》が掛けられ、見張りが付いている。すぐ横で焚かれている炎が、塀の上部を赤く照らしている。

　そのまま彼らは、じっと時を待った。

間もなく、塀の外で、小さな鈍い物音が聞こえた。シャリースはその音の正体をよく知っていた。拳《こぶし》で、人間の顎を殴る音だ。続いて、塀を囲む灌木を乱暴に掻き分ける、がさがさという音がはっきりと聞こえてきた。

「大変だ、逃げたぞ！」

ガルヴォ兵の、泡を食ったような叫びが響く。半ば悲鳴のような声が続いた。

「こんなところに、穴が……！」

「あそこだ！　追え！」

裏門の警備に当たっていた兵士たちが、その声にばたばたと駆け出していく。その様子を、シャリースは塀越しに聞き取った。

彼らはさらに、しばらく待った。少し離れた場所から、今度は紛《まぎ》れもない悲鳴が聞こえてくる。

同時に、裏門の閂が外される、微かな音と振動が伝わってきた。扉がそっと開くと同時に、焚き火に土が掛けられる。囁き声が、シャリースを呼ぶ。

「隊長」

夜の闇の中で、ノールの巨体は、一層大きく聳《そび》え立つように見えた。敵として出会えば恐ろしい相手だったかもしれないが、彼にとっては頼もしい味方だ。

シャリースは手を伸ばして、その太い腕を摑んだ。

「雇い主を捕まえたぞ。俺の後ろに三人いる」

「――エルディルが二人倒しました」

別のところから聞こえた息だけの声は、ライルらしい。

「さあ早く」

ノールの囁きに促《うなが》され、彼らは裏門から外へ滑り出た。

ノールが素早く扉を閉め、閂を掛け直す。その

間に、シャリースはナーヴィスの腕を掴み、速足に歩き始めた。目指すべき方角は、すぐに判った。山の麓《ふもと》に、目印の小さな火が焚かれている。良くは見えなかったが、周囲には、五、六人の傭兵がいるようだった。全員が無言で、ナーヴィスと妻子を取り囲む。背後に悲鳴や罵声《ばせい》、そして遂には剣の打ち合わされる音を聞きながら、彼らは山へと急いだ。子供が遅れ始めたのに気付いたノールが、途中でコーサルを軽々と抱き上げる。ドリエラは二人の傭兵に両腕を支えられて必死に歩き、ナーヴィスは半ばシャリースに引きずられていた。

彼らに気付いたガルヴォ人は、一人もいなかった。

目印の小さな炎にはメイスレイが付いていた。傭兵たちとその雇い主が辿り着くと、彼はシャリースに向かってわずかに顎を引いた。

「うまくいっているようだな」

シャリースはうなずき返した。

「今のところはな」

焚かれていた火は、その場ですぐに消され、その痕跡《こんせき》を蹴《け》散《ち》らされた。目を上げると、遠くからは見えにくい木の陰の窪地《くぼち》に、別の小さな火が燃えているのが見える。

カンテラを提《さ》げたメイスレイが先頭に立ち、彼らをその火まで導いた。

そこに、残りの傭兵たちが待っていた。ゼーリックが火の前に座り、シャリースと、彼が連れてきた雇い主を見やる。

「ようやく、役者が揃ったな」

「そのようだ」

シャリースは、ナーヴィスを火の前に押し出した。傭兵たちが好奇心を剝《む》き出しに、雇い主の顔を眺める。ナーヴィスはたじろぎ、ドリエラも、居心地悪げに身じろいだが、コーサルは違った。彼はノールの腕から滑り降り、火を飛び越えんばかりの勢いで、ゼーリックの横にいた召使いの少年に飛びついていったのだ。

「パージ！」

パージはよろめいたが、すぐに体勢を立て直した。年下の少年を、しっかりと抱き締め返す。

「……コーサル」

べそを掻きながら、互いにしがみつき合っている子供たちの姿に、シャリースは、長い溜息をついた。


そのお産には、殆ど一晩掛かった。

寝入り端《ばな》に叩き起こされたヴァルベイドは、町の中心部に近い、一軒の家へ連れ込まれたのである。主人は裕福な商人で、広い家には、家族の他に、数人の召使いが暮らしていた。慌てふためいた様子でヴァルベイドのところにやってきたのは、その召使いの一人だ。主人の息子の妻が夕方産気づいたのだが、難産で、産婆《さんば》の手に負えないのだという。

ヴァルベイドが到着したとき、二階の寝室と思《おぼ》しき辺りからは、若い女の苦しげな呻き声が聞こえてきた。

この家の主人は、一階の居間に青い顔で座り込んでいた。痩せた白髪の老人で、ぐったりと肘掛け椅子にもたれている。妊婦の夫であるその息子はまだ若く、今にも泣き出しそうな顔でおろおろと歩き回っていた。顔立ち自体はあまり似ていなかったが、途方に暮れたその表情だけは、瓜二つだ。

その部屋で、もっとも気を確かに持っていたのは、主人の妻である老女だった。

「先生、よく来て下さいました」

居間に通されたヴァルベイドにつかつかと歩み寄り、その手を握る。彼女は小柄だったが、枝のように細い指には、まだしっかりとした力が残っていた。

「嫁の出産が、捗々《はかばか》しくないようなのです。これが、初めてのお産です。産婆の話によると、このままでは、赤ん坊はもちろん、嫁の命も危ないとか」

「——判りました。診《み》てみましょう」

茫然自失《ぼうぜんじしつ》しているらしい夫と息子を置き去りにして、彼女は自ら、ヴァルベイドを二階へと案内した。

そしてヴァルベイドは血塗《ちまみ》れの戦場に放り込まれ、母親の子宮からなかなか出たがらない赤ん坊を相手に、夜明けまで戦う羽目になったのだった。

窓から朝の最初の光が差し込む頃、ようやくヴァルベイドは、女の赤ん坊を取り上げた。

小さな赤い身体から、か細い声が洩れる。その頃には部屋の外で座り込んでいた若い父親が、産声を聞きつけて室内へ飛び込んできた。

「産まれたのか⁉」

「部屋から出てろ！」

ヴァルベイドは肩越しに一喝《いっかつ》した。父親は飛び上がり、言われたとおり廊下へ下がった。だが、戸枠から必死で中を覗き込んでいる。

「無事なのか⁉」

「静かにしてくれ——もう一人いるぞ」

双子の片割れは、間もなくこの世に滑り出てきた。最初は息をしておらず、ヴァルベイドを慌てさせたが、背中を叩いてやると息を吹き返した。すぐに、大きな高い声で泣き始める。こちらは男の子だ。

母親は、長い苦しみから解放されて、泣きながら笑っている。左腕に女の子を、そして右腕に男の子を渡され、彼女は小さな子供たちへ交互に頰《ほお》擦《ず》りした。

召使いの女に手伝わせ、産婆と二人掛かりで、ヴァルベイドは後始末を終えた。彼自身、疲れ切って、今にも倒れそうな状態だったが、気分は良かった。仕事柄、色々とひどいものを目にすることにも慣れた。死んでいく人間を看取《みと》ることも多い。それに比べれば、幾ら苦労させられようと、赤ん坊を無事に取り上げることの出来た瞬間は、極上のブランデーよりも得難い喜びだ。

彼は階下の居間に案内され、温めたワインを振舞われた。詰め物をした椅子に腰を下ろすと、テーブル越しに、今や双子の祖父となった白髪の男が、気の抜けたような笑みを向けてくる。

二人はしばらくの間、黙って、温かいワインを啜《すす》っていた。朝日が少しずつ、室内を満たしていく。

「……お孫さんたちを見に行かれては？」

ヴァルベイドの提案に、老人は笑いながらかぶりを振った。

「いやいや、こういうとき、祖父というものは一番後回しにされるもんでね。息子夫婦と妻が、赤ん坊に飽きてからでないと、触らせてはもらえないんだよ。私には他に五人の孫がいるが、どの子のときもそうだった」

飄々《ひょうひょう》とした物言いに、ヴァルベイドは釣られて笑った。老人はワインのゴブレットを持ったまま、テーブルに身を乗り出した。心持ち、声を潜める。

「それに、あんたと二人でいる間に、話しておきたいこともある」

報酬のことかと、ヴァルベイドはぼんやりと考えた。この男は大商人だ。これだけの商売を維持していくからには、相当の才覚も持ち合わせているだろう。往々にして、それが吝嗇《りんしょく》に繋がるというのも良くある話で、ヴァルベイドは、治療費を値切られるものだとばかり思っていた。たとえそうだとしても、彼はそれを受け入れただろう。彼はエンレイズ国王から金を受け取っている身であり、生活に困るという心配もない。

しかし老人の言葉は、ヴァルベイドの予想を完全に裏切った。

「うちは代々、この場所で商売をしている」

老人は、そう切り出した。

「モウダー国内はもちろん、エンレイズや、ガルヴォとも取引がある――戦争が始まる、ずっと前からだ。戦争が始まってからは、ますます商売は繁盛している」

皮肉なものだと言いたげに、老人は唇《くちびる》の端を上げてみせた。ヴァルベイドは苦笑した。モウダーは一見、エンレイズとガルヴォという大国に挟まれた哀れな小国だが、中立を守っているお陰で、それなりの恩恵を受けてもいる。その一つが、両大国との商取引だ。

かつては、エンレイズもガルヴォも、今よりずっと小さな国だった。その頃には、人的、物的交流が存在し、両国の商人は直接取引を行い、互いに富を築いてきたのだ。だが、二国の間で戦争が始まると、物資の輸送は完全に堰《せ》き止められるか、あるいは、モウダー人の商人に委ねられることとなった。他国との取引で金を稼いでいたエンレイズやガルヴォの商人たちが没落する一方、彼らの富を吸い上げるモウダー人商人が出てきたのだ。

「私はモウダー人だ。エンレイズ人やガルヴォ人が何をしようと、干渉しないようにしてきた。そう決めておけば、商売もうまくいく。だが、あちこちと取引をしていれば、耳に入ることも多くなる」

ようやく話の要点が見えてきた気がして、ヴァルベイドはゴブレットをテーブルに戻した。じっと、相手の目を見つめる。

年配の商人は続けた。

「あんたがこの町で、必死になって薬の材料を掻き集めていることも承知している。苦労していることも」

「……それについて、あなたに協力をしてもらえれば助かります」

ヴァルベイドは慎重に言った。

「あなたなら、この町に流通するものは全て、指を鳴らすだけで揃えられるのでは？」

もしこの商人が、苦境に立たされているエンレイズ人の医者のため、他の商人たちへの口利きをしてくれるというのなら、ヴァルベイドにとってそれは、金貨を積まれるよりもありがたい報酬だった。老人は笑った。

「それは造作もない」

「では――」

「だが、あんたがこの町で本当に求めているのは、薬ではないという噂《うわさ》も聞いている」

「……」

虚を衝《つ》かれて、ヴァルベイドは口を噤《つぐ》んだ。こういうときには、下手に喋《しゃべ》らない方がいいと、彼は経験的に知っていた。

この町を通して、エンレイズの鋼《はがね》が、ガルヴォへ不法に持ち出されている――その情報は当初、取るに足らぬ、不確かな噂に過ぎなかった。

その噂が俄《にわ》かに真実味を帯びてきたのは、三ケ月ほど前のことだ。軍と取引のあったエンレイズ人商人の一人が、軍の倉庫から加工前の鋼を盗み出し、捕まったのである。

正規軍の兵士によって捕えられた商人は、しかし、詳しいことまでは把握していなかった。ただ、この町には、ガルヴォに通じている商人が出入りしていると、彼は聞いたのだという。

この町に鋼を持ち込みさえすれば、その商人が高値で引き取ってくれると、彼はそう認識していた。そして金策に困った際にこの話を思い出し、取引のどさくさで、軍が確保していた鋼を持ち出したのである。

鋼が敵国に渡ることはすなわち、味方への武器の補充が困難になり、また、敵に強力な武器を与えることに繋がる。そしてエンレイズ国王は、何より、自国の資源によって私腹を肥《こ》やしている人間がいるかもしれないという事実に激怒した。彼は、ヴァルベイドを間諜《かんちょう》としてこの町に送り、噂の真偽を確かめるよう命じたのである。

ヴァルベイドは身分を隠して町に入り込んだ。それ自体は、簡単だった。彼は間諜である前に医者であり、腕の確かな医者は、大抵の場所で歓迎されたのだ。軍の薬品が自分の手元にも渡るよう、ヴァルベイドが国王に掛け合い、受け入れられたお陰で、彼はこの町で、多くの患者を獲得した。中にはガルヴォと行き来のある商人も大勢いる。彼らの話に耳を傾け、うまく誘導してやりさえすれば、欲しい情報は手に入るはずだと、ヴァルベイドは考えていた。

しかしこんな風に、相手から鎌《かま》を掛けられるとは、思ってもみなかった。

黙り込んでしまった黒髪の医者に、老人はうなずきかけた。

「エンレイズからガルヴォに流出している鋼について、興味を持っているとか?」

老人は正確に、事実を言い当てた。相手の目に悪意があるか否かを、ヴァルベイドは探ろうとした。だが、老獪《ろうかい》な商人は、容易には表情を読ませない。

「……一体誰が、そんなことを？」

黒髪の医者の問いに、相手は曖昧《あいまい》に片手を広げた。

「何となく——そう、何となくだ。特に誰からということではなく」

ヴァルベイドは微笑した。

「……それで、エンレイズの鋼は、ガルヴォに流出しているんですか？」

あくまでもさりげなさを装った様に、商人は小さく笑った。

「本来なら、私はこんなことを他人に喋ったりはしないのだ、先生。口をしっかり閉じていることこそ、商売繁盛の秘訣でね。だがあんたは、うちの嫁と孫の命を救ってくれた。それなりの礼がしたい」

「喜んで承《うけたまわ》りましょう」

老人は扉を振り返り、そこに誰もいないのを確かめた。

「モウダー人の振りをしてガルヴォに住んでいる、エンレイズ人の商人がいるという話だ。勇敢なのか無謀なのかは判らないが、エンレイズ軍から盗み出した鋼で、莫大《ばくだい》な稼ぎを上げているらしい。確か、ナーヴィスとかいう名前だ」

その名を聞いて、ヴァルベイドは微かに目を見開いた。

彼はナーヴィスを知っていた。何年か前には宮廷にも出入りしていた豪商だ。特に親しい間柄というわけではないが、何度か言葉を交わしたこともある。いつの間にか見かけなくなってしまったが、これまで、気にしたことはなかった。国王の側に少しでも近付こうとする商人は引きも切らず、入れ替わりが激しいのだ。

まさか敵国と通じて、鋼の密輸を働いているなどとは、思いも寄らなかったが。

ヴァルベイドの動揺《どうよう》を認め、モウダー人の商人は、同情したようにうなずいた。

「ともかく、彼がこの町を、商品の通過点にしていることは間違いない。つい何日か前にも、彼の執事がここに顔を出していた」

その瞬間、ヴァルベイドは思わず、片手で顔を覆《おお》った。

「……ああ、そうか……！」

呻くように呟く。ようやく、彼は思い出したのだ。バンダル・アード＝ケナードを雇った、痩せた皺《しわ》深い老人の顔を。

グロームというあの老人は、ナーヴィスの執事だった。ナーヴィスの傍らで静かに控えていた姿を、ヴァルベイドは目にしていたのである。

つまり、バンダル・アード＝ケナードは、ナーヴィスに雇われたのだということになる。とすると、彼らの行く先は、ナーヴィスのいるガルヴォ国内だろう。グロームがシャリースに、行き先を教えようとしなかった理由も、それで納得できる。

だが、一体何故――。

その疑問に答えたのも、目の前にいる丸顔の老商人だった。

「聞いたところでは、ガルヴォ人の商人が、ナーヴィスを憎んで、彼を始末すべく陰謀を巡らせているとか。ありそうな話だがね。質のいいエンレイズの鋼を、彼は独占販売している。妬《ねた》まれて当然だ」

頭の中で全てが繋がった。

ヴァルベイドは、半ば椅子を蹴るようにして立ち上がった。老人はしかし、驚いた様子もなく、長身の医者を見上げる。まるで、こうなることを予測していたかのようだ。

「――失礼」

早口に、ヴァルベイドは言った。

「私はもう、行かなければなりません」

相手は、ワインのゴブレットを掲げてみせた。

「礼金は、後で改めて届けさせよう。それから薬があんたのところに集まるよう、手を打っておくよ」

「感謝いたします」

慌《あわただ》しく目礼して、ヴァルベイドは朝の町へと飛び出した。

町には焼き立てのパンの香りが漂《ただよ》っていた。脂《あぶら》の焦げる、うまそうな匂いがそれに混じる。どの家でも、朝食の支度の真っ最中らしい。早い者たちは、もう通りへ出て、それぞれの仕事に勤しんでいた。エンレイズ軍の軍服を着た兵士たちの姿も、ちらほらと見える。彼らの殆どが、買ってきたばかりの朝食を手にしている。

食欲をそそる匂いを嗅《か》いでも、ヴァルベイドの胃袋は反応しなかった。それどころか、緊張と不安に、痛みすら生じつつある。徹夜の重労働に身体は疲れ切っていたが、気力と、先刻飲んだワインの力だけを頼りに、彼は大股に町を横切った。

バンダル・ルアインの野営地《やえいち》を目指す。

幸い、バンダル・ルアインの傭兵たちは、野営地でのんびりと寛《くつろ》いでいるところだった。

彼らはもう、朝食を終えたらしい。ぶらぶらと散歩をしている者もいたが、隊長のテレスは、ベンチ代わりの倒木に腰を下ろし、部下たちと何やら言葉を交わしていた。だが、黒髪の医者が近付いてくるのを傭兵の一人が発見し、隊長に報告したらしい。テレスはヴァルベイドの姿を認めて、立ち上がった。

「お早いお出ましだな」

息せき切ってやってきた様子に眉をひそめ、疲労の色濃いヴァルベイドの顔を眺めながら、テレスは穏やかに声を掛けた。

「ちょっとこっちに座って、冷たい水でもどうだ？　それとも、ワインの方がいいか？　生憎今は、安ワインしか手元に無いんだが」

傭兵隊長の申し出をヴァルベイドはありがたく受けた。

「――水をもらえないか？」

直ちに彼の希望は叶えられ、汲《く》んだばかりの水で満たされた水筒が、彼の手に渡される。冷たい水をたっぷりと喉に流し込み、促されるまま、ヴァルベイドは倒木に腰を下ろした。テレスがゆっくりと、その隣に座る。

「それで、一体何事だ？」

「――君たちを雇っているのは、フラート殿だったな？」

町に駐屯しているエンレイズ軍の、司令官の名前を挙げる。唐突な問いに、テレスは訝《いぶか》しげに眉を吊り上げた。

「……そうだ」

「もし、フラート殿が君たちを手放すことを承知してくれたら、君たちは、ガルヴォ国内へ潜入してくれるか？」

あまりにも突飛で、その上危険な申し出だった。聞いていた傭兵たちが息を呑み、目を丸くして、黒髪の医者を見つめる。

しばしの間、テレスは黙り込んだ。考え込むように顎を撫《な》でながら、上目遣《づか》いにヴァルベイドを見やる。

「……あんたは、国王陛下の間諜だと、以前に聞いたことがあったが」

「ああ、そうだ」

ヴァルベイドはあっさりと認めた。テレスが、面白がっているような眼差しを彼に向ける。

「詳しい話を聞こう」

ヴァルベイドは、自分の仕事と、つい先刻知った事実について、かいつまんで説明した。

「バンダル・アード＝ケナードは、ナーヴィスの警護のために雇われたのだと思う。わざわざ大金を積んで傭兵を雇わなければならないほど、ナーヴィスは危険な状況にあるらしい」

その推論に、テレスもうなずいた。

「それならもう、こちらに向かっているかもしれないな」

少し考え、付け加える。

「もしシャリースが、この仕事を途中で投げ出していなければ」

「ナーヴィスには、生きていてもらわなければならない」

ヴァルベイドは言った。

「彼を生きたまま捕え、国王陛下の膝元《ひざもと》に引きずっていくのが、私の仕事だ。鋼の密輪は、エンレイズにとって死活問題だ。その全容を、ナーヴィスの口からすべて語ってもらわなければならない」

息をついて、彼は続けた。

「シャリースが仕事を無事に果たしてくれればいいが、この件に関しては、そう簡単にいくとは思えないんだ。彼らは敵国に侵入しているし——少なくともこの町を出た時点では、自分たちが、どこに連れて行かれるのか、知らされていなかった」

「何の準備も心構えもなく、いきなり敵陣のど真ん中か」

テレスが呟く。さほど心配もしていないような口調だったが、眉間《みけん》には微かな皺が刻まれている。

「——つまり俺たちは、バンダル・アード＝ケナードと合流し、ナーヴィスとやらの首根っこを摑んで、あんたの前に引きずってくればいいんだな？」

「そういうことだ」

うなずいて、ヴァルベイドは少しだけ声を低めた。

「……バンダル・ドーレンが、シャリースたちの後を追っていった」

「狙いは、ナーヴィスか？」

「……恐らく」

ヴァルベイドは唇を噛み締めた。バンダル・ドーレンの雇い主が何者なのか、それを知らないことが悔やまれた。彼らの目的が自分のそれと同じならば、問題はない。手柄を争う気はない。

しかしもし、バンダル・ドーレンの目的が、正反対のところにあったら――事態は、ヴァルベイドが国王の不興を買うどころの話では済まなくなる。

テレスはゆっくりと、部下たちを見渡した。そして、ヴァルベイドに視線を戻す。

「そろそろ俺たちも、ここで釘付けにされているのには飽き飽きしてきたところだ」

嘯《うそぶ》きながら、彼は立ち上がった。顔を上げた医者を見下ろす。

「あんたはフラートのところに行って話をつけてきてくれ。国王陛下直々の命令だとか何とか言えば、あの男はすぐにも、俺たちとの契約を打ち切るだろう。その間に、俺たちは出発の準備をしておく」

礼の言葉を口にしかけたヴァルベイドを、テレスは片手で遮った。

「金貨をたっぷりと用意しておくことだ、先生。俺たちへの支払いとは、また別にな。このことをシャリースが知ったら、奴は絶対に、あんたの仕事に協力した分の代価を払えと言い出すぞ」

ヴァルベイドは思わず苦笑した。

「……シャリースはきっと、予算が無尽蔵にあるわけではないということを、理解してくれるさ」

確信に満ちているとは言いがたい声音に、テレスは馬鹿にしたように鼻を鳴らした。

7

一年と三ヶ月前、ナーヴィスは表向きモウダー人であると偽り、家族と共にガルヴォに入った。

もちろん、既に根回しはしてあった。ガルヴォの役人の一人が、彼と家族のために屋敷と召使いを用意し、到着したその日から、何不自由のない生活を送れるよう、準備してくれていたのだ。役人はディーローという名で、国境を出入りする人間や物資を監視していた。ナーヴィスと知り合ったのは、彼らがモウダーのとある町に滞在していたときだ。

互いの仕事を知った瞬間、彼らは、相手が自分にもたらすであろう利益に気付いた。

その可能性は、まるで稲妻のように、彼らの脳天を直撃した。自分たちが手を組めば、国境は存在しないも同然だ。戦争のために物流が滞《とどこお》っている現在、それは計り知れぬ意味を持つ。

ナーヴィスの提示した計画に、ディーローは一も二もなく乗った。エンレイズ軍の内部に伝手《つて》のある商人と、ガルヴァへの物資の輸送を取り仕切ることの出来る役人は、即座に共犯者となったのである。

ナーヴィスがエンレイズから鋼《はがね》を手に入れて、ディーローの庇護の下ガルヴァへ運び込み、売り捌《さば》く。エンレイズの鋼は、ガルヴァ国内では、元の十倍か、時にはそれ以上の高値で取引されている。二人が共に甘い汁を吸うのは、いとも容易《たやす》いことだった。

役人と繋《つな》がりのあるナーヴィスとその一家は、外国人ながら、近隣の住民にも丁重に扱われた。エンレイズ軍からの密輸は、確かに危険な仕事ではあったが、危険を冒す価値は、十二分にあったといえる。

ディーローとナーヴィスの蜜月《みつげつ》は、その後一年以上続いた。

その間、ナーヴィスは骨身を惜しまずせっせと働いた。鋼の輸送の手配には、右腕であるグロームかリベル、あるいは自らが出向き、間違いのないよう監督した。エンレイズ軍内部にいる協力者とは密に連絡を取り合い、ことがばれぬよう水も洩らさぬ計画を練《ね》り上げると同時に、その協力者にも報酬がたっぷりと支払われるよう、配慮を怠らなかった。自分の利益を守るためには、まず協力者の利益を守らなければならない。それが、ナーヴィスの持論だった。

もちろん、荷運び人や、道中顔を合わせる人間たちにも気を遣《つか》った。彼らはナーヴィスのことを、他よりも少しばかり気前のいい、モウダー人商人だと信じていたはずだ。ガルヴァ国内で接触する、あらゆる人々も同様である。彼は裕福で親切なモウダー人を演じ、周囲から好意を抱かれるよう努めてきた。

だが、彼の実入り多き商売は、意外な人間の手によって打ち壊された。

ある日、彼の共犯者であるディーローが、屋敷に彼を訪ねて来たのだ。ディーローは、何故か怒り狂っていた。そして、動揺《どうよう》していた。

ディーローを仕事部屋に迎え入れたものの、まるで訳が判らず、ナーヴィスはただおろおろと相手を見つめた。ディーローを案内してきたグロームも、静かに、しかし戸惑ったような顔で、ガルヴォ人の役人を見ている。

ナーヴィスは立ち上がって、客に椅子を勧めようとしたが、ディーローはそれを無視した。真っ直ぐ、ナーヴィスに詰め寄る。

「おまえはエンレイズの間諜《かんちょう》だった！」

叩き付けるような勢いで怒鳴《どな》られ、ナーヴィスはぽかんと口を開けた。

「……何ですと？」

しばしの後、開きっぱなしだった口から、間抜けな声が洩れる。彼にとっては、寝耳に水の話だ。何かの悪い冗談かと思ったが、ディーローの表情は緩まなかった。第一ディーローは、くだらない冗談を言うために、わざわざ足を運んだりする男ではない。

ナーヴィスの驚愕《きょうがく》を目《ま》の当たりにしても、ディーローの思い込みは揺るがなかった。

「おまえがエンレイズの間諜なのは判っている！」

頑固《がんこ》に、役人はそう繰り返した。

「よくも今まで、私を騙《だま》し続けてくれたな！」

「何を馬鹿な！」

思わず、ナーヴィスが叫び返す。

「一体誰が、そんなでたらめを！」

「おまえにはもう、何も言わんぞ！」

ディーローは喚《わめ》いた。

「私が口にすること、すべて、エンレイズ国王に筒抜けなのだろう⁉」

その剣幕の凄《すさ》まじさに、グロームが一歩、後退《あとずさ》る。しかし老人は、その場に踏みとどまった。主人を守ることは出来なくとも、せめて側《そば》についてはいようと、そう決意しているらしい。

老執事の姿に勇気を得て、ナーヴィスはディーローに反論した。とにかく、誤解を解かなければ始まらない。

「滅相もないことです！　何故突然そんなことを⁉」

「黙れ！」

「私はただの商人です。あなたもそれはご存知のはずだ。我々はこれまで、うまくやっていたではありませんか！」

「ええい、うるさい、裏切り者！」

しかし、ディーローは聞く耳を持たなかった。

「もうおまえは信用しないぞ、間諜め！　さあ、仲間の名前を言え！　そうすれば、おまえと家族の命だけは助けてやる」

「仲間？　仲間など……」

「エンレイズ軍の中から、おまえに鋼を回しているのは誰だ？　輸送に関わっているのは？　彼らはどうやって、鋼を持ち出している？」

「……」

ナーヴィスは言葉を飲み込んだ。

彼は確かに、故国に対する裏切りを働いてきたが、愚《おろ》かではなかった。ディーローの要求を聞いた瞬間、この大いなる誤解の裏にあるものが見えたのである。

ディーローの耳に、突拍子もない嘘《うそ》を吹き込んだ者がいる。それが誰なのかも、ナーヴィスには見当がついた。ガルヴォで鋼を扱っていた商人たちだ。ナーヴィスがエンレイズの鋼を持ち込んだことで、それまで鋼を扱っていた商人たちは、不利益を被《こうむ》っていた。それは、ナーヴィスも知っている。

彼らが遂に、自分への報復に出たのだと、ナーヴィスは察した。ディーローとナーヴィスを仲違《なかたが》いさせ、その上、今度は自分たちが、ナーヴィスの椅子に座ろうとしている。ディーローを通じて、密輸の経路を知ろうとしているのが、その証拠だ。実にうまくやったと言わざるを得ない。

だとすれば、ナーヴィスは石に齧《かじ》りついてでも、情報を洩らすわけにはいかなかった。それだけが、彼と彼の家族を守る、唯一の砦《とりで》なのだ。話してしまえば、自分たちはすぐにも殺されるだろう。

彼は言葉を尽くして、ディーローが騙されているのだと伝えようとした。だが、怒り狂った役人は、彼の説明を聞こうともしなかった。ディーローの頭が冷えぬ限り、彼に打つ手は残されていない。

「――私と取引のある者たちは、私以外の誰かが相手では、危ない取引はしないでしょう」

ディーローとの仲が壊れたことに心の底から落胆しながら、しかしナーヴィスは、彼と駆け引きをせざるを得なくなった。

「私だからこそ、彼らは商品を流してくれたのです。突然別の誰かが取って代わろうとしたところで、彼らは信用しません。たとえ私自身が後任を指名しようと、彼らはそれを怪しむでしょう。私に危害を加えれば、鋼は二度と手に入らなくなりますぞ！」

この言い分で、ディーローは、ナーヴィスがエンレイズの間諜だという確信を深めたに違いない。

それを承知していながら、ナーヴィスも、主張を引っ込めるわけにはいかなかった。ディーローが、鋼から上がる利益に執着している限り、ナーヴィスには手を出せなくなるはずだ。

ディーローは怒りと衝撃に震えた。気付けばナーヴィスも、恐怖と不安に身体を震わせていた。二人は睨《にら》み合った。

やがてディーローは、商人にくるりと背を向けた。

「このままでは済まんぞ！」

捨て台詞《ぜりふ》を残し、足音荒く、部屋から出て行く。今度はグロームも、彼を玄関まで送ろうとはしなかった。ナーヴィスと老執事は、青ざめた顔を見合わせた。

「一体何故こんなことに……」

グロームが弱々しく呟《つぶや》く。ナーヴィスは無言のままその横を擦《す》り抜けて、部屋を出た。廊下では、言い争いを聞きつけて集まって来たらしい召使いが数人、怯《おび》えたように縮こまっている。

ナーヴィスは彼らを無視して、玄関から庭へ出た。さらに門の外を覗《のぞ》こうとしたところで、ぎくりとして立ち止まる。

臙脂《えんじ》色の軍服を着た兵士が二人、門の前に立ちはだかっていた。彼らはナーヴィスの顔を見て姿勢を正した。

「中に戻ってください」

一人が、屋敷の主人にそう告げる。

「ディーロー様のお申し付けにより、あなたとご家族を、ここから出すわけにはいかないんです」

少しばかり、自信の無い口調だった。命令自体は簡潔で誤解のしようもないが、何故そんな命令が下されたのかという点については、彼らも不審に思っているのだ。ディーローもまさか、今まで自分が庇護してきた商人が、エンレイズの間諜だったなどとは、兵士にも説明出来なかったのだろう。

ナーヴィスは言われるがまま向きを変え、今度は屋敷をぐるりと迂回して、裏門に出た。閉じられたままの門に近付くと、外を窺《うかが》うまでもなく、二人の兵士の話し声が聞こえてくる。

「——あのモウダー人の商人一家を閉じ込めて、どうするんだ?」

「さあな、だが、俺たちは、余計な詮索をしないほうがいい」

「ディーロー様は怒り狂ってたみたいだが」

「ディーロー様は、あのモウダー人の差し出す賄《わい》賂《ろ》の額にご不満なんじゃねえかな。とにかく、今夜にはもっと人数を増やすそうだ」

「そこまでするなんて、一体あのモウダー人、何しでかしたんだか……」

ナーヴィスはそっと、その場を離れた。

心臓がどくどくと脈打っている。すぐにもここから脱出するつもりだったが、ディーローの行動は、想像したよりもはるかに素早かった。このままでは、ディーローの手の中で、じわじわと締め上げられ、命すら失くすことになる。

屋敷の中に入り、廊下をうろうろと歩き回りながら、ナーヴィスは素早く、しかし必死に頭を巡らせた。召使いたちが遠巻きにその様子を眺めていたが、気にしている余裕はない。

「グローム!」

立ち止まって呼ぶと、執事はすぐに姿を現した。恐らく彼も、主人の様子を物陰から窺っていたのだろう。ナーヴィスは執事の、痩《や》せた腕を摑《つか》んだ。そのまま仕事部屋へと押し込む。

「グローム、リベルを連れて今日中にここを発ち、モウダーに行ってくれ」

リベルもこの屋敷で働く召使いで、しかも、ナーヴィスがエンレイズから連れてきた、数少ない使用人の一人だ。ガルヴォ人の召使いは、全てディーローの手配によってここで働いている。彼らを信用することはできない。

　唐突な主人の言葉に、老人は目を丸くした。

「は？」

「私と家族は、ここに閉じ込められた。このままではまずい。助けを呼ぶんだ」

「しかし……」

　グロームの視線が泳ぐ。もちろん彼は、主人が不正な手段で金を稼《かせ》いでいることを承知している。一体誰に、どう言って助けを求めればいいのか、彼には見当がつかなかったのだ。

「いいか、傭兵《ようへい》を雇うんだ」

　ナーヴィスは執事に命じた。

「事情を詳しく話す必要はない……むしろ、何も話さないほうがいい。その代わり、金は積む。モウダーには、仕事にあぶれている傭兵隊がきっといる。そいつらを探して、ここまで連れて来るんだ」

　老人は痛みを感じたかのように眉《まゆ》をひそめた。

「ですが、旦那様を置いてなど……」

「グローム、頼む」

　ナーヴィスは執事を遮《さえぎ》った。

「機会が摑めさえすれば、私と家族もモウダーに向かう。うまくいけば、モウダーで落ち合えるかもしれない。だが、うまくいくとは限らないのだ――」

　ようやく、グロームはうなずいた。

　その場で細かな打ち合わせが行われ、そしてグロームは、リベルを供に屋敷から出た。指示の徹底していなかった見張りの兵士は、彼らを簡単に通した。彼らが阻止《そし》するべきはナーヴィスとその妻子であって、それ以外の者は出入り自由だと、この時点では、命令はそう解釈《かいしゃく》されていたのだ。

　そして、ナーヴィスは軟禁生活に耐えた。

　昼夜を問わず、屋敷の周囲を兵士たちが取り囲んでいた。日が経つにつれて、状況は次第に悪くなった。注意深く脱出の機会を窺ってはいたが、彼の望みに反して、周囲の警戒はますます厳しくなっていく。商人であって兵士ではないナーヴィスにとって、兵士たちを出し抜いて逃げることは不可能だった。

ディーローはその後も数回、ナーヴィスの屋敷に足を運んだ。グロームたちが逃げたことを聞いた彼は、ナーヴィスを激しく非難したが、ナーヴィスは、それについては、自分の与《あずか》り知らぬことだと言い張った。

ディーローの主張と要求は、変わらなかった。ナーヴィスはそのたびに、ディーローの誤解を解こうと努めたが、彼らのやり取りは平行線を辿《たど》った。

自分自身がナーヴィスから不正な金を受け取っていた以上、ディーローが、ナーヴィスを間諜として告発することは論外だ。しかしナーヴィスを殺してしまっては、もう、エンレイズの鋼から上がる収益を手に出来なくなる。ディーローの葛藤《かっとう》は、ナーヴィスにも、手に取るように判った。だが、ディーローが思い悩んでいる間はまだいいのだ。ディーローの忍耐が限界に来たときに何が起こるのか、それを考えるたび、ナーヴィスの心臓は縮み上がった。

ガルヴォ人の召使いたちは解雇され、ナーヴィスの妻ドリエラが、家事をするようになった。息子のコーサルと、ただ一人残ったエンレイズ人の召使い、パージが、それを手伝った。密輸については何も知らなかったコーサルも、事態の深刻さには気付いていたようだ。そして、気付いていたが故に、ナーヴィスには何も言わなかった。父親から真実を聞かされるのが、恐ろしかったのかもしれない。

コーサルの話し相手は、専《もっぱ》らパージだった。息子に年の近い遊び友達がいることを、ナーヴィスは、この時ほどありがたく思ったことはなかった。

一度だけ、彼らに食料を届けてくれる商人の協力を得て、グローム宛の伝言を預けることが出来た。

結局逃げられなかったと、ナーヴィスは短く綴《つづ》った。助けを待っていると。

だが、それが本当に、グロームの手に届いたかどうかは判らない。そもそも、グロームとリベルが、生きてモウダーに辿り着けたかどうかすら、ナーヴィスには知りようがなかったのだ。

日が過ぎていくにつれ、ナーヴィスは、不安で押しつぶされそうになった。

待つだけの日々は長かった。グロームからは、何の音沙汰《おとさた》もない。兵士たちは相変わらず、屋敷の周辺を取り巻いている。妻は心労にやつれ、子供たちの口数も少なくなっていく。

そしてナーヴィスは、パージを送り出すことを決意した。

パージはナーヴィスやグロームの供をして、何度も国境を越えたことがある。道もよく知っているのだ。

「何を考えているの、あなた！」

夫の持ち出した案に、ドリエラは猛然と反対した。

「パージはまだほんの子供なのよ！　そんな危険な目に遭《あ》わせるわけにはいかないわ！」

しかし、当のパージは行くと言い張った。

「僕なら、塀《へい》の穴を潜《くぐ》り抜けて外に出られます」

少年は力強くそう言った。

「グロームさんを捜します。必ず、助けを連れてきます」

ドリエラは少年を説得して止めようとしたが、

パージの決意は揺るがなかった。もし彼女が強引に引き止めたとしても、パージは一人で、こっそりと抜け出してしまっただろう。

結局ドリエラは諦《あきら》め、少年のための旅支度を整えてやった。パージは出発し、一家は、シャリースが屋敷に侵入したその時まで、息を潜めて暮らしていたのだ。

そして今、彼らは山の中に逃げ込み、バンダル・アード゠ケナードの傭兵たちに囲まれている。

軟禁状態からは脱したが、まだ、安全であるとは言いがたい。何しろ敵兵はまだ近くにおり、その上雇われた傭兵たちは、言ってみれば騙された挙句《あげく》、ここに連れてこられたようなものだからだ。たとえ三百オウルの後金が約束されたとしても、誰一人として、ナーヴィスに好意を抱いてはいない。

彼らはその場に身を潜め、囮役《おとりやく》の傭兵たちが合流するのを待った。そしてシャリースは雇い主の口から、こうした次第を聞き出した。

「――なるほどな」

小さな火に当たりながら、シャリースは唇《くちびる》の端で笑った。

「グロームのじいさんが、びくびくしっ放しだった理由が、ようやく判ったぜ。汚い金で、あんたは大いに懐《ふところ》を温めてたってわけだ。どうりで、気前がいいはずだよな」

傭兵隊長の嫌味に、ナーヴィスは、大きな身体を縮めた。禿《は》げ上がった額《ひたい》に、小さな汗の粒が浮かぶ。

「あの……」

言いかけた商人をシャリースは片手で遮った。

「心配すんな。汚かろうと何だろうと、金は金だ。突っ返したりはしねえ」

ほっとした表情になったナーヴィスに、しかし、シャリースは鋭い眼差《まなざ》しを向けた。

「……だが、今のこの状況を考えると、あんたたちをちゃんと無事にこの国から連れ出せるという保証は出来ねえな。あんたも、危ない橋渡ってきたんなら、それくらい判るだろ？」

「……」

ナーヴィスは言葉を飲み込んだ。だが、彼にももちろん、判ってはいる。自分たちが逃げたことは、間もなくディーローの耳にも入る。彼は躍起《やっき》になって、自分を捜すだろう。エンレイズの傭兵隊の腕前は広く知られているが、幾ら彼らでも、見知らぬ土地で、何百もの敵に取り囲まれれば、切り抜けることは難しい。

ナーヴィスとシャリースが話している間、子供たちは木の根元にしっかりと寄り添って座っていた。

コーサルの目は、初めて見る白い狼《おおかみ》に釘付けだ。好奇心と恐怖が綯《な》い交ぜになった視線を、エルディルに向けている。パージは既に数日間、エルディルと共に旅をして来ていたが、狼に慣れていたわけではなかった。逃げれば狼をけしかけるという脅しを、今も信じているのである。

一方のエルディルは、周囲を落ち着かなげにうろうろと歩き回っていた。つい先刻ひと暴れした興奮が、まだ残っているのだ。暗がりに座っているマドゥ＝アリの元に駆け寄っては、またしきりに辺りを嗅《か》ぎ回る。それを繰り返している。

子供たちの側には、ドリエラも蹲《うずくま》っていた。厚いマントの襟《えり》をしっかりと掻《か》き合わせ、彼女もまた、白い狼をじっと見つめていた。

「……あの獣《けもの》は、私たちを食べたりはしないでしょうね？」

「ご安心を、奥様」

答えたのは、彼女の横に立っていたアランデイルである。彼女がここに到着したとき、シャリースが彼を、ドリエラの世話役に指名したのだ。

美男で人当たりのいいこの傭兵は、宮廷で生まれ育った。彼自身は単なる使用人の息子に過ぎなかったが、最高の手本を見ながら育ったお陰で、どんな貴人を前にしてもたじろがないだけの、礼儀作法や口の聞き方を心得ている。漁色家《ぎょしょくか》として名を馳《は》せてもいたが、その点については、シャリースは心配していなかった。彼女は、アランデイルの好みではない。そしてアランデイルも、雇い主の妻を口説くほど愚かではない。

アランデイルは、低い、しかし明るい口調で続けた。

「あの狼は、よちよち歩きの赤ん坊の頃から、我々の手で育てたんですよ。これまで、人を食べたことなど一度もありません」

人を殺したことは、数え切れぬほどあるが、と、聞いていた傭兵たちは一様に、胸の中でそう付け加えた。だが、わざわざそれを口に出して言う者はいない。

「お望みでしたら、撫《な》でてやることも出来ますよ」

アランデイルの言葉に、ドリエラは顔を上げた。

「……大丈夫かしら?」

「もちろんですとも」

調子よく、アランデイルは請け合った。

「図体は確かに大きいですが、彼女は、飼い犬と変わりありません。エルディル!」

名前を呼ばれたエルディルは、その瞬間立ち止まった。傭兵たちの間を擦り抜け、小走りにアランデイルの方へ近付くと、勢いよく、彼の胸に飛びついていく。親愛の情の表れだったのか、それともただ単に、彼をからかっていたのかは定かでない。ともかくアランデイルは、短い呻《うめ》き声を洩らしながら後ろによろめく羽目になった。何とか踏みとどまって面目を保ったが、周囲の傭兵からは小さな笑いが起こる。エルディルがその結果に、嬉しげに尾を振ってみせた。ドリエラも、つられて小さく笑う。

「エルディル」

背後の闇の中から、静かに彼女を呼ぶ声があった。母親の声を聞き分けて、エルディルは大人しくなった。おずおずと伸ばされたドリエラの手が、自分の首にそっと触れるのを受け入れる。しかしエルディルの視線は、近付いてくるマドゥ＝アリに向けられていた。火の灯りの届く場所へ出てきた母親の手に、濡《ぬ》れた鼻面を伸ばす。

マドゥ＝アリを見上げたドリエラはしかし、その顔を目にした瞬間、ぎょっとしたように身を引いた。

暗がりの中では、マドゥ＝アリの顔は、刺青《いれずみ》に潰《つぶ》された左半分が、闇に溶け込んでいるように映る。緑色の両眼は、炎の光に金色を帯びて光る。彼を知らぬ者にとっては、確かに、この世のものならぬ姿にも見えるだろう。

それに気付いて、マドゥ＝アリは炎から顔を背けた。自分の姿がエンレイズ人の目にどう映るのかを、彼はよく知っていた。そして決して、自己弁護をしなかった。彼はただ黙って後ろに下がり、人の目の届かぬ場所に行こうとするのだ。

足音も立てず、エルディルを連れて闇の中に戻ろうとしたマドゥ＝アリを、ドリエラが止めた。

「待って」

その声が自分に向けられたものかどうかを確かめるように、マドゥ＝アリは彼女を窺った。ドリエラは、もう落ち着きを取り戻していた。

「――その狼、あなたの言うことはちゃんと聞くのね」

手の下に押し込まれたエルディルの頭を撫でながら、マドゥ＝アリはうなずいた。口をきこうとしないマドゥ＝アリに、ドリエラはなおも話しかける。

「あなたが面倒を見ているの？」

「どっちかというと、エルディルの方が、そいつの面倒を見てるんだよ、奥さん」

横合いから、シャリースが口を出した。

「この男はうちのバンダル一の腕利きだが、ちょいとばかり人見知りするんでね」

ドリエラは、マドゥ＝アリの異質さに怯え、そしてそのことを恥じたらしい。差別は、彼女の信条に反するのだ。だが、マドゥ＝アリの方は、彼女に摑まったことに戸惑い、警戒している。マドゥ＝アリが無表情のまま口を噤《つぐ》んでいても、シャリースにはそれが判った。

実際のところ、マドゥ＝アリのそれは、人見知りなどという可愛いものではないのだ。幼い頃から繰り返し虐待《ぎゃくたい》を受けながら育ったマドゥ＝アリは、バンダルの仲間以外の、すべての人間に対して恐れを抱いている。幾らシャリースや仲間たちが心を砕こうと、そう簡単に変われるものではない。

マドゥ＝アリは闇の中へ静かに滑り込んで行った。一言の挨拶《あいさつ》もなかったが、それは、許可なく余計なことを喋《しゃべ》るなと、彼がそう教え込まれて育ったせいだ。

「お気になさらないで下さい、奥様」

困惑顔になったドリエラに、アランデイルがすかさず話しかける。

「無口で素っ気ない男ですが、それはいつものことなんですよ。しかしいざというときには、誰よりも頼りになるんです……」

アランデイルのお喋りを聞きながら、シャリースは闇の中に目を向けた。町のある方向にも、しかし光は見えない。木々が生い茂り、視界を遮っているのだ。

「少し休んでおきな」

シャリースは、雇い主に声を掛けた。

「夜が明けて、足元が見えるようになったら、出発する」

ナーヴィスは落ち着かない様子でうなずいた。だが、山の中で野営《やえい》すること自体には、それなりに慣れているらしい。マントを身体に巻きつけ、横たわる。ドリエラのほうはもちろん、アランデイルが世話を焼いた。傭兵隊長に指示される前に、子供たちのほうはもう、互いの肩にもたれかかるようにして微睡《まどろ》んでいる。

傭兵たちも、三々五々、落ち葉の上に身体を落ち着けていたが、シャリースは手近な木の幹にもたれかかって座り、夜明けを待った。まだ、ダルウィンやチェイスを含む、十数人が帰っていない。合流は夜明け頃だと最初から決めてはいたが、だからといって、安穏《あんのん》としていられる気分ではなかった。

「雇い主は信用できそうか、シャリース」

セリンフィルド語の低い問いに、シャリースはそちらへ目を向けた。焚《た》き火の向こうで、ゼーリックがじっと、彼を見ている。

シャリースは横目で、ナーヴィスの方を窺った。身体を丸めた雇い主は、ぼんやりと、頭越しに交わされる会話を聞いている。しかし彼は、ゼーリックの際どい言葉には何の反応も示していない。寝入りかけていてゼーリックの言葉を聞き逃したか、セリンフィルド語が判らないか、どちらかだろう。

「切羽詰っているのだけは確かだな」

ナーヴィスの様子を観察しながら、シャリースもやはり、故国の言葉で応じた。ゼーリックの問いに答える前に、ナーヴィスがセリンフィルド語を解するのかどうか、確かめておきたかった。

「だが、切羽詰ってるのはこっちも同じだ。いっそのこと、金目のものだけ取り上げて、こいつらは殺してここに埋めてったほうが簡単なんじゃねえかな」

悪人ぶった物言いに、ゼーリックの唇の端が吊り上がる。彼もまた、楽しんでいるかのように、じっと雇い主を注視していた。しかし、ナーヴィスの様子には、何の変化もない。きょとんとした顔で、自分の雇った傭兵たちを見ている。

「いいから寝ててくれ」

エンレイズ語に切り替えて、シャリースは雇い主に言った。

「ちょっと打ち合わせしてるだけだ」

何事か言いたそうな顔になったが、ナーヴィスは結局口を閉じた。抗議しても無駄だと、そう考えたのかもしれない。

「――一応、話の筋は通ってる」

年嵩《としかさ》の傭兵に向かって、シャリースは、セリンフィルド語で囁《ささや》いた。本当ならば、どこか、誰にも聞かれぬ場所に行って交わすべき話だが、ここは、勝手の判らぬ山の中だ。闇の中、下手に移動して、次の瞬間足を踏み外し、首の骨を折るなどという事態は避けたい。

「こいつが人格者かどうかは別にして、とりあえず、ガルヴォの奴らがこいつを追ってる限りは、信用できると思うがな」

ゼーリックは口髭《くちひげ》を撫でながら、下目使いに雇い主を眺める。

「ここは敵国だ。しかも俺たちのうち、誰一人として知らん土地だ」

静かに、彼は言った。

「何が起こるか予測できない」

「そこが、怖いところだ。とっとと逃げ出しちまいたいぜ」

シャリースもうなずいた。ゼーリックが苦笑する。

「確かに怖いが、そんなことを雇い主の前で言っていると、仕事がなくなるぞ」

シャリースは肩をすくめた。

「怖いからこそ、一生懸命《けんめい》頭捻《ひね》ってんだよ。誰かさんの引退資金も確保しなくちゃならねえからな」

ゼーリックは片眉を上げてみせ、それから、傍《かたわ》らに置いていた水筒を、シャリースに渡した。受け取って、シャリースはそれを一口含んだ。故郷のブランデーが、彼の喉《のど》を焼く。甘い香りが鼻に残り、腹の中が温かくなる。栓をしないまま水筒を返すと、ゼーリックもそれを一口飲み下した。


そして彼らは、夜が明けるのを待った。

そう長く待つ必要はなかった。せいぜい二時間ほどだっただろう。空が白み始め、山の中にも光が差し込み始める。傭兵たちがごそごそと起き出し、その気配で、雇い主の一家も目を覚ます。

子供たちの側についているのは、ノールとライルである。

ドリエラが、子供たちのために、パンやチーズの朝食を用意している間、コーサルとパージは、気紛《きまぐ》れに近付いてきたエルディルに釘付けだった。

エルディルは、ノールが差し出してやった干し肉の欠片《かけら》を、大きな掌《てのひら》から念入りに舐《な》め取っている。ノールに促《うなが》されて、子供たちが怖々《こわごわ》と白い毛皮に手を伸ばしたが、彼女は自分に触れる小さな手を無視した。彼女にとって人間の子供など、脅威《きょうい》でも何でもないのだ。

ノールの手を舐め終えた白い狼が、突然、頭をもたげた。

少年たちは慌てて手を引っ込めたが、エルディルは首を伸ばして、空気の匂いを嗅いでいる。傭兵たちは反射的に身構えたが、しかし、白い尻尾は、穏やかにはためいていた。やがて何事もなかったかのように、彼女はマドゥ＝アリの側へ戻っていく。

やがて、落ち葉を踏みしめる微《かす》かな音が、人間たちの耳にも聞こえてきた。

連なった人影が、彼らのいる方へ登って来る。その様子が、木々の間からちらりと見えた。ナーヴィスとその妻はそれに気付いて息を呑んだが、傭兵たちの胸中は、安堵《あんど》の思いで満たされた。エルディルの無関心はつまり、近付いて来る者たちが、彼らの仲間だということなのだ。

先頭を歩いてきたのはダルウィンだった。

「……やっと辿り着いたぜ」

待っていた仲間たちを見回して、彼は長い溜息《ためいき》を吐《つ》いた。埃《ほこり》まみれでくたびれきった様子だったが、その顔には満足げな笑みが浮かんでいる。まだ小さく燃えていた火に、彼は手をかざした。

「参ったぜ。夜は冷えるし、火は焚けねえし」

その後ろから、チェイスがひょいと顔を覗かせる。

「何か、食いもんないっすか?」

開口一番そう尋ねる。どうやら元気なようだ。

シャリースは思わず苦笑した。

「おまえ、ドレスはどうした」

からかうように訊《き》くと、チェイスは顔をしかめた。

「あんな動きにくいもん、とっとと脱ぎましたよ。塀の下を無理矢理潜った時点で、もう半分くらい破けちまってましたからね」

「そこら辺に捨ててないだろうな?」

思わず、シャリースは確認した。ドレスだけが道端に放置してあれば、ガルヴォ兵も、さすがにおかしいと気付くだろう。チェイスはにやりと笑った。

「ちゃんと隠してきましたって。ちょうどいい藪《やぶ》があったんで……」

返事の半分は、渡された堅《かた》パンを口に押し込んだことで、もごもごと消える。

囮役として町の方に出向いていた者たちも、ぞろぞろと火の側にやってきた。火の気のない場所で一夜を過ごしたお陰で、全員凍えているらしい。

ダルウィンとチェイスがガルヴォ兵の目を町の方角へと引きつけた後、ガルヴォ兵に襲い掛かったのは彼らである。夜の闇も手伝って、辺《あた》りは大混乱になったはずだ。その後囮たちは、騒ぎを後目《しり》にこっそりと山のほうへ戻り、そこで明るくなるのを待った。運が彼らに味方していれば、ガルヴォ人たちは、ナーヴィスとその家族が、まだ町に潜んでいると考えているだろう。

「全員揃《そろ》ってるだろうな？」

合流した部下たちを見回しながら、シャリースは確認した。ダルウィンがうなずく。

「ああ、全員無事だ」

「よし、出発するぞ。朝飯は、歩きながら食え」

彼らは素早く火を始末し、まごまごしているナーヴィスを追い立てて歩き出した。シャリースは目の端で、アランデイルがドリエラに手を貸し、ノールとライルが少年たちの面倒を見るのを捉えた。

少年たちのすぐ後ろに、セダーがいた。彼もまた、傭兵たち同様疲れた顔だ。この状況で満足な休息を取れた者はいない。だが少なくとも、彼はこれまで、一言も文句を言わずに、彼らについてきていた。辛抱強い、いい兵士だと、シャリースは考えた。もし当人の希望があるのなら、すぐにもバンダル・アード゠ケナードに入れてしまいたいくらいだ。

彼らは間もなく、比較的緩やかな山道に辿り着いた。

この道ならば、荷馬も通れるだろう。地面は、人や馬によって踏み均《なら》されている。

じりじりと山を登ながら、シャリースは、先頭を行くナーヴィスに並んだ。

「……この道を知っているのは、あんたの他にどれくらいいる？」

商人は長身の傭兵隊長を見上げた。

「もろちん、地元の者は知っている。だが、彼らの行動範囲は、そう広くはない。街道ならともかく、山の中を通ってモウダーに真っ直ぐ行く道を知っている者は、そうはいないはずだ」

シャリースは、無精《ぶしょう》髭の伸び始めている顎《あご》を擦《こす》った。熱い風呂は無理だとしても、せめてきちんと顔を洗って髭を剃《そ》りたい。一瞬心の底からそう願ったが、彼はその望みを、意識の片隅へと追いやった。

「だがその、あまり知られていないはずの道で、俺たちはここに来るまで、何度も待ち伏せされたぜ」

「……」

ナーヴィスが黙り込む。額に浮かぶ汗は、山道のせいだけではないだろう。シャリースは、考えられる可能性を提示した。

「鋼を密輸してたのなら、荷運び人を雇ってただろう？」

ナーヴィスが眉間《みけん》に深い皺《しわ》を刻む。

「だが、荷運び人は、一定の距離ごとに、別の者に替えていた。道によって、人と馬とを使い分けねばならなかったし――」

「誰かが、荷運び人たちの辿った道を、一本に繋げたようだぜ」

シャリースの指摘に、商人は口ごもる。曲がりくねって続く山道を、シャリースは目を眇《すが》めて見上げた。

「もし別の道を知っているのなら、是非、そっちを通りたいんだがな」

しかし、ナーヴィスはかぶりを振る。

「こんな山の中に、道などそう多くは……」

「それなら、途中で待ち伏せされる覚悟を、今から決めておいたほうがいいな」

軽い口調で言われて、商人はぎょっとしたように顔を上げた。その背後から、ゼーリックが追い討ちを掛ける。

「後ろからも、じきに追っ手が掛かるかもしれんぞ。あんたをエンレイズの間諜だと思っているのなら、敵は絶対に、あんたの首を諦めないだろう」

「心浮き立つような話だよなあ、おい」

自棄《やけ》になったような明るさで、ダルウィンが呼び掛ける。

ナーヴィスはますます青ざめ、話を聞いていたドリエラは、固く唇を引き結んだ。彼らは無言のまま、山道を歩き続けた。


ナーヴィスが屋敷から抜け出したという報告は、直ちに、町の屋敷にいたディーローの元にも伝えられた。

ディーローは痩せた顔に鉤鼻《かぎばな》の目立つ、中年の男だった。就寝中だったにも関わらず、彼はすぐにベッドから起き上がり、報告に来た兵士の待つ居間へと入った。

屋敷は、町で一、二を争う豪華さを誇っていた。敷地は広く、床は厚い絨緞《じゅうたん》に覆《おお》われ、贅沢《ぜいたく》な調度品が各部屋を飾っている。庭には、庭師たちが丹精込めて育てた美しい花々が咲き乱れている。全て、エンレイズの鋼がもたらした富の恩恵だが、今はそのせいで、彼の首は絞まろうとしていた。

もたらされた腑甲斐《ふがい》ない報告に、彼は、ひょろ長い身体を震わせた。怒りのため、見る見る顔が紅潮する。突っ立ったまま、彼は両の拳《こぶし》を握り締めた。

「見張りは何をしていたのだ!」

寝巻きのまま喚く役人に、兵士は首をすくめた。見張りはいつもどおりの仕事をしていたのだと、そんな言い訳をしてみたところで、この役人は耳を貸すまい。

「――ナーヴィスと妻は、町の中に逃げ込んだようです」

おずおずと、目撃情報を付け加える。彼自身はその時見張りの任についておらず、つい先刻、話を聞いたばかりだった。情報の少なさと不確かさに彼の気分は暗くなったが、しかし、報告をしないわけにもいかなかった。

「二人がそちらに走っていく姿が目撃されたんですが、その時、何者かが攻撃を仕掛けてきた模様です」

ディーローはぴくりと眉を跳ね上げた。

「何だと?」

その眼射しの険しさに、兵士は思わず身を縮めた。

「……偶然とは思えません」

ようやく、彼は言葉を押し出した。

「しかし、とにかく暗かったので……」

ディーローは歯軋《はぎし》りした。つまりは、闇の中で、何もかもを見逃したということだ。だが、目の前にいる兵士に怒鳴り散らしてみても、問題は解決しない。

「……奴らのいそうな場所を、しらみつぶしに捜せ」

食いしばった歯の間から、彼は命じた。

「宿屋や食堂はもちろん、隠れられそうな倉庫や厩舎《きゅうしゃ》——考えられる場所全てだ。目撃者を見つけろ。皆、ナーヴィスや妻の顔は知っているはずだ」

兵士は急いで彼の居間から出て行った。ディーローは、毛皮を敷いた椅子にどっかりと腰を下ろし、苛々と待った。

遂に最悪の事態が起こってしまったと、ディーローは苦々しく考えた。

執事のグロームと召使いのリベルを見逃したことに続く失態だ。あの時厳重に注意したというのに、兵士たちは再び、彼の期待を見事に裏切ったのだ。

ナーヴィスが密かに、エンレイズから助けを呼んだことを、ディーローは既に知っていた。

だが、その助けが何者で、どれくらいの人数なのかまでは判らなかった。その結果、待ち伏せさせていた兵士たちは、あろうことか皆殺しにされた。不意を衝《つ》けたはずだというのに、敵は、奇襲を物ともしなかったのである。

その軍を率いていた司令官は、それ以上の攻撃を仕掛けようとしなかった。そもそもディーローは、彼らに対し、頭ごなしに命令出来る立場にないのだ。高位の役人の要請を、司令官は、丁重に、しかしきっぱりと断ってきた。既に多くの部下を失った、これ以上犠牲を出したくないというのが、その理由だ。

彼らを動かすには、その上に位置する軍人に掛け合わなければならない。だがそれは、ディーローにとっては危険なことに思われた。中央に近い軍人には、この件を知られたくなかった。何故こんなことになったのか、深く追及されれば、ディーロー自身の破滅を招くことになる。

焦《あせ》りを募《つの》らせたディーローは、直ちに部下を派《は》遣《けん》し、近隣の住民をけしかけた。

彼らに対しては、エンレイズから無法者の集団が侵入してきたと伝えた。腕の立つ軍人集団が来たなどと言えば、幾ら金を積もうと、村人たちは家に閉じこもり、扉を固く閉ざしてしまっただろう。

しかし、その策もまた、不首尾に終わった。住民たちは返り討ちに遭い、生き残った者たちの証言でも、相手が何人いるのかすら、判然としない。ディーローは追い詰められた。

その上、今度は、ナーヴィスが屋敷から脱出した。

モウダーから侵入してきた者たちが、この逃亡劇に関わっていたかどうかは、まだ定かではない。しかし状況から見るに、彼らがナーヴィス一家を救い出したのだと考えるのが妥当だろう。そうなれば、仕事はますます困難になる。

長い一日が過ぎた。

夕方になっても、ナーヴィスとその家族の姿は発見されなかった。ディーローは終日家に籠《こ》もり、商人を無事に捕えたという報告が来ないかと首を長くして待っていた。だが、どんな情報も、彼の元には届かなかった。捜索は、今のところ徒労に終わっている。

もしかしたら、ナーヴィスはもう、町から逃れたのかもしれない。

ディーローは椅子の肘掛《ひじか》けにもたれかかり、暗い気分で考えた。

だとしたら、あの商人は、故郷であるエンレイズの方に逃げたのだろうか。一度町のほうに向かったということは、あるいはこの町の中に、協力者がいるのかもしれない。最悪の場合、ナーヴィスは、エンレイズとは反対の方向、ガルヴォの中央部へと向かった可能性もある。ディーローに対する恨みを募らせ、彼自身の命を賭けても、その罪を告発しようとしているということも、考えられなくはない。

嫌な想像が頭の中に膨らんで、ディーローは冷たい汗を掻いた。だが、彼が動かせる人員は、実際のところ、そう多くはないのだ。最初に、八十人もの兵士を失ったのが、やはり痛かった。軍はもはや、彼に協力的ではない。しかしこうなってしまった以上、一体どうすれば、エンレイズ人の商人を捕まえられるのだろう。

それにこの捜索は、大掛かりには出来ないという事情がある。ディーローは、ことの次第が必要以上に外部へ洩れぬよう、努めなければならない。中央に知られず、しかし出来るだけ早く、ナーヴィスを捕えて連れ戻すか――それが不可能ならば、殺してしまわなければならない。

夜になろうとしている頃、一人の男が、ディーローの元を訪ねて来た。

茶色の顎鬚を蓄《たくわ》えた、四十がらみの逞《たくま》しい男である。ガルヴォ軍の臙脂色の軍服に身を包んでいるが、その胸元はだらしなくはだけられていた。案内も請わずにディーローのいる居間に入ってきたが、その態度には遠慮の欠片もない。

相手の日に焼けた顔を目にして、ディーローは思わず、ぎくりと身体を強張《こわば》らせた。

来客はオブルーダという名の男で、この町に駐屯《ちゅうとん》している兵たちをまとめる司令官である。ディーローは、ナーヴィスを屋敷に軟禁するため、この男から兵士を借りていた。軍人でないディーローは、オブルーダの協力なくして、兵士たちに命令を下すことが出来ない。

この件については、ディーローとオブルーダの間で、予《あらかじ》め話し合いが為《な》されていた。オブルーダはディーローから金を受け取った。そして部下の兵士を役人の私用に貸すが、それを上には報告しない、と、そういう取り決めを交わしたのだ。

エンレイズ人商人を屋敷に軟禁することや、彼が呼んだ助けを阻止することは、そもそも、兵士たちの本来の仕事ではない。ただ、ナーヴィスの屋敷を取り囲むというだけの任務ならば、オブルーダも何も言わなかった。だが、仲間の兵士がこの役人の命令によって駆り出され、結局皆殺しにされた件については、彼もいい顔をしなかった。ディーローも、それは承知している。

事情の判っていない兵士たちは、ディーローの命令をそのまま聞き、逃げたエンレイズ人の行方を捜している。役人の命令を聞くことも、自分たちの仕事のうちだと誤解しているのだ。しかしオブルーダに、そのはったりは使えない。彼の任務には、ディーローの身を護衛することが含まれていたが、決して役人よりも立場が下だということではないのだ。彼には、ディーローの命令を拒否する権利がある。さらに昨夜、ナーヴィスと家族が逃げる際、こちら側に死者も出た。オブルーダが腹を立てていたとしても、不思議ではない。

すぐにも部下たちを引き上げさせると、オブルーダがそう言えば、ディーローに、彼を止める術《すべ》はなかった。彼は、上官にことの次第を報告するだろう。そうなったら、自分は終わりだ。

だが軍の司令官は、頬《ほお》に薄笑いを浮かべて、座ったまま凍りつくディーローを見やった。

「捕虜に逃げられたそうですな」

面白がっているような口調で言う。おまえの部下がしくじったせいだと、ディーローはそう言い掛けたが、辛《かろ》うじて言葉を飲み込んだ。そもそもこの件に関しては、オブルーダは見て見ぬ振りをするという約束だった。最初から存在していない仕事に、失敗は有り得ない。第一ディーローは、今これ以上、オブルーダの機嫌を損ねるわけにはいかなかった。

「……」

黙り込んだディーローの前に、オブルーダはゆったりと立った。左手を剣の柄《つか》の上に置き、顔を横に傾ける。

「部下に聞いたところによると、昨夜の一件が起こった時、白い狼が、あの商人を助けたのだとか」

「……何?」

ディーローは目を瞬《しばたた》いた。それは、初耳だった。オブルーダが続ける。

「白い狼といえば、俺には心当たりがありましてね。エンレイズの傭兵隊に、白い狼を連れてる奴らがいるんですよ。バンダル・アード＝ケナードが、この件には一枚噛《か》んでいるかもしれません」

傭兵隊と聞いて、ディーローは青ざめた。だが、その可能性は十分にある。傭兵隊を雇うには大金が必要だが、ナーヴィスにはそれだけの財力があったのだ。国境付近で待ち伏せていたガルヴォ軍の兵士たちが、一人残らず殺された件についても、それで説明がつく。エンレイズの傭兵隊は有能だ。その評判は、ディーローの耳にも届いている。そしてもしナーヴィスが彼らを味方につけているのならば、彼を捕えることは一層困難になる。

しかしオブルーダのほうは、顎鬚をしごきながら、悠然《ゆうぜん》と続けた。

「もしナーヴィスが、彼らを雇ったとすると、彼らが、この町に隠れているとは思えません。バンダル・アード＝ケナードの隊長は、頭の切れる男と評判です。きっともう、山の中にでも潜り込んでいる」

この指摘に、ディーローは一瞬某然と、司令官の顔を見つめた。

「――くそっ」

思わず吐き捨てる。国外へ逃げられては、もう手が出せない。ナーヴィスは確かに、故国エンレイズにおいては反逆者だが、彼は既に、身を隠して、しかし優雅な生活を送り続けられるだけの金を手に入れている。こうなった以上、帰国を躊躇《ためら》いはしないだろう。そしてもし、彼が鋼の密輸について誰かに話してしまえば――それで、ディーローは破滅だ。

軍人が、なだめるような眼差しを役人に向ける。

「しかし、女子供を連れている以上、彼らも、そう早くは動けないでしょう。今ならまだ、追いつけるかもしれません」

その言葉の意味が脳にまで染み入るのに、しばらく時間が掛かった。理解するや、ディーローは顔を上げた。食いつかんばかりの勢いで身を乗り出す。

「……行ってくれるのか⁉」

「俺は、バンダル・アード＝ケナードの連中とは、昔、ちょっと因縁がありましてね」

オブルーダはうなずいた。その顔に、酷薄な笑みが浮かぶ。

「もしそれが本当に奴らなら、喜んで殺しに行きますよ」


道は、捗《はかど》らなかった。

ナーヴィスは体型に似合わず健脚家だったが、その妻は違った。彼女なりに精一杯歩いているのだろうが、豪商の妻は、普段、自分の足で長い距離を歩くことはない。ましてや山道など、通るはずもない。いざとなれば、傭兵たちが交代で彼女を背負うことになるだろう。しかし、彼女が音を上げぬ内は、自分の足で歩かせるべきだとシャリースは考えていた。部下たちも疲れているのだ。いつ何時、剣を抜いて戦わなければならなくなるか判らないという状況で、これ以上の体力の消耗は避けたかった。

屋敷を抜け出してから、二日目の夕方になろうとしていた。

先刻少し雨が降ったせいで、足元が滑りやすくなっている。先頭を行くナーヴィスは慎重に進んでいるが、傭兵たちはしばしば足を滑らせていた。時折列の中から、小さな悲鳴や、悪態が聞こえる。

濡れた落ち葉を踏みつけて、セダーの身体がぐらりと傾いだ。側にいたシャリースは、素早くその腕を摑んで止めた。真っ直ぐに立てるまで支えてやる。

「大丈夫か」

「ああ」

若者はうなずいた。二人は並んで歩き出した。

「おまえも災難だよなあ。こんなことに巻き込まれて」

狭い山道の先を見ながら、シャリースはセダーに話しかけた。故郷に帰りたいという若者の言葉を、シャリースは覚えていた。エンレイズの古い町レムジー――シャリースはただ通り過ぎたことしかなかったが、菓子の焼ける甘い匂いが漂《ただよ》い、路地には子供たちの声が響き渡る、こぢんまりとした町だった。もうそこには、セダーの家族はいないというが、それでも、彼にとっては特別な場所のはずだ。ただそこに帰りたいだけだというのに、しかしそのささやかな望みが叶えられる当てはない。彼は敵国に入り込み、無事に抜け出せるかどうかも判らぬ状況にいる。

しかしセダーは、シャリースの言葉に肩をすくめた。

「グロームに雇われたときから、徒事《ただごと》じゃないってことは、薄々判ってはいた」

淡々とそう答える。シャリースはしばし考え込んだ。

「……まあ、そういえば、俺もそうだったかな」

グロームとシャリースによる、不信感溢《あふ》れる最初のやり取りを思い出したか、セダーが小さく笑った。今にして思えば、あの場に立ち会った彼は、その光景を密かに楽しんでいたのかもしれない。

大人たちが四苦八苦している山道を、コーサルとパージは身軽に登っていく。自分の横を擦り抜け、駆けて行く子供たちに、ドリエラが、悲鳴のような声を上げる。

「危ないわよ！」

「お静かに、奥様」

やんわりといいなしたのは、彼女の隣についているアランデイルだ。

「誰かに聞かれるとまずいですからね」

さりげなく彼女の腕を支えながら、山道を登る。

ドリエラは溜息をついた。

「……全く、あの年頃の男の子ときたら！」

「いずれ落ち着きますよ」

無責任な慰《なぐさ》めの言葉をさらりと口にして、アランデイルは話題を変えた。

「あの子たちは、仲が良いようですね」

「ええ」

片手でアランデイルの腕に縋《すが》り、もう片方の手でスカートをたくし上げながら、ドリエラはそろそろと足を運んだ。

「パージは、四年前にうちに引き取ったのだけど、コーサルを、弟のように可愛がってくれているわ。パージは兄弟が多くて、うちに奉公に来たのも、言ってみれば口減らしみたいなものだったたの。でもコーサルは、パージが来て、大喜びだったわ。それまで、年の近い遊び相手がいなかったものだから。小さい頃から引っ込み思案な子で心配したけれど、最近ではすっかり……」

その時、狼の唸《うな》り声が聞こえ、一同は思わず立ち止まった。

後ろの方にいたエルディルが、人間たちの間を擦り抜けて、ナーヴィスの前へ出る。四本の足をしっかりと踏ん張り、長い牙を剝《む》き出した狼は、金の双眸《そうぼう》で、道の先をじっと睨み据《す》えた。マドゥ＝アリがゆっくりとエルディルに追いつき、そして待つ。湾曲した剣はまだ鞘《さや》に収まったままだが、必要なときには、それが目にも留まらぬ速さで引き抜かれることを、仲間たちは知っている。

シャリースは素早く周囲を見回したが、狭い道に、隠れる場所はなかった。このまま、やってくる相手を迎え撃つしかないのだ。

「ノール」

手近にいた巨漢を、彼は声を潜めて呼んだ。

「雇い主を、まとめて後ろに連れてってくれ。頼んだぞ」

「ああ」

ノールは直ちに、二人の子供たちを摑まえ、ナーヴィス夫妻と共に、列の後ろへと導いた。傭兵たちはそれぞれ、武器に手を掛けている。殆《ほとん》どの者が、ナイフの柄を探っていた。ここは、剣を振り回すにはあまりにも狭い。仲間を傷付けぬためにも、剣を抜くのは極力避けたいと、誰もが考えている。

「もしかしたら、笑って誤魔化せるかもしれないからな」

部下たちの間を抜けて前方に出ながら、シャリースは彼らに声を掛けた。

「早まって、刃物を振り回すんじゃねえぞ。どさくさ紛れに、俺の背中に切りつけるのもなしだ。手が滑ったなんて言い訳は、聞かねえからな」

傭兵たちの顔に、神経質な笑みが閃《ひらめ》く。シャリースはそれを見届けて、エルディルの横に立った。エルディルは彼に見向きもせず、じっと、近づいてくるらしい敵を待っている。

やがて、人間たちの耳にも、人の歩く足音が聞こえてきた。

緊張の糸がぴんと張り詰める。口を開く者はいない。ただ、金属の擦れ合う微かな音が、沈黙を時折破るだけだ。

シャリースは真っ直ぐに背を伸ばして立ち、エルディルの見つめる方角を見ていた。

山道が大きく蛇行《だこう》している場所から、こちらにぞろぞろと近付いてくる男たちの姿が見えた。まだ行列の終わりは見えないが、かなり人数が多そうだ。シャリースは無意識の内に、自分の剣を探った。

相手は全員、武装していた。

あとがき

お待たせいたしました、バンダルアード＝ケナードシリーズ、第三話をお届けいたします。

……半分だけ。

発売当初にお買い上げいただいたお客様にしか関係のない話で恐縮ですが、この第三話、上下巻一気に刊行されるはずが、諸々の事情により、まず上巻、それから二ヶ月置いて、下巻が発売されることになりました。いや、実はまだ下巻が書き上がっていないとか、そういうことじゃないんですよ！　必死になって主張すると、却って怪しく聞こえるかもしれませんが、決してそういうことではないですからね！　大人の事情ってやつですよ！　下巻もちゃんと最後まで書いてあります。お疑いなら、今ここに、下巻最後のページを掲載してもいいですよ！（嫌がらせか）

大体、上下巻の上巻に、あとがき入れるってどうなの？　と思わんでもなかったんですが、どうやら私の本はあとがきでもっている節《ふし》が無きにしも非《あら》ずだということなので、こうしてくだらないことを書くことになりました。

さて、これを書いている現在、自宅建て直し中にて、仮住まいの借家暮らしをしております。

元の家から徒歩十分ほどの距離なので、生活圏はほぼ同じです。相変わらず、赤い旗の閃《ひらめ》く町、浦和《うらわ》をテリトリーに生きております。

しかし、住環境は大きく変わりました。

閑静な住宅街の一軒家……なのはいいんですが、とにかくこの家が古いのですよ。どのくらい古いかというと——脱衣洗面所が無い、くらいに古いのです。台所から、磨《す》りガラスの嵌《は》まった木の引き戸をがらがらと開けると、もうそこが風呂場なのです。

お陰で、洗顔や歯磨きは、台所の流しで行わなければなりません。顔を洗って頭を上げたところで、棚からはみ出していたざるに、頭をぶつけることにも慣れてきました。風呂場の濡れたタイルの上で服を脱ぎ、パジャマを着たりするコツも、習得しつつあります（コツというか……「これはもう濡れるしかないんだ」と、自分に言い聞かせる術《すべ》を覚えたというか……）。

それでも、不便なことには変わりはないのです。今一番欲しいものは？　と訊かれたら、迷わず、「脱衣洗面所！」と叫びますよ、私は。……いや、大丈夫、新しく出来るおうちには、ちゃんと、脱衣洗面所がついている……！　と、呪文のように唱えながら生きてます。早く新しい家、出来ないかな！

……納得できないのは——というか、何だか腹立たしくさえあるのは、脱衣洗面所もないくせに、お風呂には、自動でお湯を張ってくれる機能が搭載されていることです。我々家族にとっては初めての機能で、最初は使い方すらよく判らず、まごまごさせられました（説明書が無い……)。

何なんだよおまえは！　古いのか新しいのか、はっきりしろよ！　と、家に向かって喧嘩《けんか》を売ったりしていたのですが、あれですね、長年の間に、増改築や修理が、数限りなく繰り返された結果が、この家なんですよね。各部屋のちぐはぐぶり、謎の間取りや窪《くぼ》み等々、特筆すべきことが山とあるので、この家とそこでの暮らしだけで、本一冊書けそうな気がします。もしかしたらそっちのほうが、この本よりも面白いかもしれません（こらー！）

それではここで、下巻の予告です。

仕事に疲れ、何もかも投げ出したくなってきたバンダル・アード＝ケナード。偶然通りかかった町で、彼らは、一人の若い女と出会う。彼女は莫大《ばくだい》な財産を持つ未亡人で、傭兵隊長ジアア・シャリースに一目惚《ぼ》れ、自分と結婚してくれるのなら、全てを捧げると申し出る。

「いいじゃねえか、羨《うらや》ましい話だ」

「彼女と結婚して、俺たちを養ってくれよ」

「傭兵は廃業して、この町で遊んで暮らそうぜ」

勝手なことを言い始める部下たちに、シャリースは困惑。しかし、この求婚劇の裏には、大いなる陰謀が蠢《うごめ》いていた――

『故郷に降る雨の声　下』、どうぞお楽しみに。

駒崎　優

※この作品はフィクションです。実在する人物、団体、宗教、下巻等には、一切関係ありません。

ご感想・ご意見をお寄せください。

イラストの投稿も受け付けております。

なお、投稿作品をお送りいただく際には、編集部
(tel:03-3563-3692、e-mail:mail@c-novels.com)

まで、事前に必ずご連絡ください。

〒104-8320　東京都中央区京橋2-8-7
中央公論新社　C★NOVELS編集部

C★NOVELS Fantasia

故郷《こきょう》に降《ふ》る雨《あめ》の声《こえ》　上《じょう》
――バンダル・アード=ケナード

2008年6月25日　初版発行

著　者　駒崎《こまざき》　優《ゆう》
発行者　浅海　保
発行所　中央公論新社
〒104-8320　東京都中央区京橋2-8-7
電話　販売 03-3563-1431　編集 03-3563-3692
URL http://www.chuko.co.jp/

印　刷　三晃印刷(本文)
大熊整美堂(カバー・表紙)
製　本　小泉製本

Published by CHUOKORON-SHINSHA, INC.
Printed in Japan　ISBN978-4-12-501036-6 C0293